あまく濡れる呼吸

崎谷はるひ

JN068645

RB
幻冬舎ルチル文庫

CONTENTS ✦目次✦

あまく濡れる呼吸

✦カバーデザイン＝小菅ひとみ（CoCo.Design）
✦ブックデザイン＝まるか工房

イラスト・蓮川 愛✦

相愛エディット

東京、銀座の画廊、『ミサキ・アートギャラリー』――旧名『御崎《みさき》画廊』の一角で、ちいさなフィルムと見本印刷された写真を確認し、早坂未紘《はやさかみひろ》は大きく息をついた。

「……はい、ではこちら、たしかにお預かりします」

やわらかな声と微笑《ほほえ》みを向けた相手も、にっこりと笑んでうなずく。

「よろしくお願いいたします。取り扱いはくれぐれも……」

「もちろん、充分に気をつけます」

フィルムを貸し出してくれたのは、この画廊に勤める志水朱斗《しみずあきと》だ。言わずもがなの注意に、未紘は深くうなずいてみせ、改めて礼を述べる。

「しかし本当に助かりました。今回、秀島《ひでしま》さんの作品をどうしても装幀《そうてい》に使いたい、てデザイナーさんが言い張るもんで……これぜんぶ、現物はあちらですよね？」

「はい、この図録にあるぶんすべて、アインさんが、がっつり押さえてるんで……」

分厚い図録の表紙を軽く撫《な》でてみせ、朱斗が苦笑する。

大手出版社、白鳳《はくほう》書房の文芸編集者である未紘は、この日、新作単行本の装幀に使用するフィルムを借り受けるため、この場を訪れていた。

　当該作品は、今回でシリーズ三作目となる人気のホラーミステリだ。一作目と二作目は、未紘の同居人のいとこであり、自身も懇意にしている画家、秀島慈英《じえい》描きおろしの装画だったのだが、今回はオファーを出している時間がとれなかった。

　それというのもシリーズ第一作目のネット配信ドラマ化を記念して、かなり突発的に決まった企画だったからだ。内容も雑誌掲載作やＷＥＢ、特典小冊子などの既存作品を集めた短編集とあって、企画立案から発行日までのスパンがかなり短かった。

　しかし本文は問題なくとも、ネックになったのは装幀だ。以前の仕事は充分な準備期間を設けてのオファーだったわけだが、今回は突発本。多忙なうえ、現在はニューヨークに住んでいる慈英に無理を言うわけにもいかない。

　いっそシンプルなロゴだけのデザインにするとか、イメージ写真に切り替えるなども考えたのだが、シリーズを通して彼の絵をカバーデザインに使用してきたデザイナーが、どうしても『秀島慈英の絵』で揃《そろ》えたいとこだわった。

「デザイナーさん、秀島さんの絵に惚《ほ》れこんじゃって、どうしてもシリーズはこの絵じゃないと……って言い張られて」

「いや、わかりますよ。前の本もめっちゃきれいでしたから」

　朱斗が取りなすように言う。すこしあまく、心をなごませるやんわりした声に、だが未紘は苦みの多い笑みを浮かべるしかなかった。

「描きおろししてもらう時間なんか、とてもとれないって言ったんですけどね」

才能のある人間にありがちな話だが、そのデザイナーもこだわりがすぎてかたくなになるところがあった。別の案をどうしても受けいれてもらえず頭を抱えて朱斗にこぼしたところ、彼から「むかしの作品ではどうです？」と助言をもらったのだ。

——もちろん秀島さんに確認とって、使ってええのを選んでもらいますけど。たぶん、OKくれると思いますよ。あのひとそういう意味では、こだわらんひとやし、気前ええし。

未紘よりも慈英のひととなりを知る朱斗の助言は正しく、慈英はあっさりと使用許可を出してくれた。どの絵を使うかについては、慈英からまず数点、作品をチョイスしてもらい、作家とデザイナーのほうにデータで確認をとったのち、選ばせてもらった。

未紘からすればどれもこれも素晴らしく、正直選べない……と唸《うな》ったのだが、最終的には作品を書いた小説家本人の意見で決定した。

「初期の個展図録用の写真とフィルム、残っててよかったです。あ、もちろん使用権についての話はちゃんと通してますので、あとはそちらで」

「もちろん、契約関係つめていくのはうちの仕事ですので。間つないでくださっただけでも助かりました」

ありがとうございました、と深々頭を下げれば、朱斗は「いやいや」とにこやかに微笑む。

そして目があった一瞬だけ真顔を作ると、同時にふっとちいさく吹きだした。

「……とまあ、仕事の話はここまででええかな？　このあと忙しい？　未紘くん」

ぐっとくだけ、プライベートモードになった朱斗に、未紘も「お。なんかある？」と相好《そうごう》を崩す。

「いや、久々やん？　ちょっと飲みにでもいかへんかなって」

「あ〜……そうしたいのは山々なんだけど、まだ仕事があるんだよね」

これからフィルムをプリントした紙焼きをデザイナーに届け、そのあとは現在抱えている原稿の校正。それも終わり次第最終校を印刷所にまわす案件があると言えば、時計を見た朱斗がため息をつく。

「こんな時間からそんだけ仕事？　毎度やけど大変やね」

「ハハ……」

未紘はあいまいに笑った。夜の九時は、編集にとってさほど深い時間ではないと言えば、おそらく朱斗はその大きな目をさらにまるくするだろう。

「それって会社戻ってせなならんの？」

「いや、校正データ自体はコレにはいってるから」

コレ、と未紘はタブレット端末を掲げてみせる。進むデジタル化の恩恵を受け、ＰＤＦの校正にはアプリを使えば手書きと同じように書きこむことができる。むかしのように分厚い紙束を持ち歩く必要もなく、作業を終了したと同時にクラウドの共有フォルダを見てもらえる。

「作業は自宅でもできるし、どっか個室になる場所で飯食いながらやってもいいし」

「いまってそんななんや！　こっちはまだまだ、アナログ多いよ」

「美術印刷の場合は、そりゃあ……特殊すぎるから」

　絵画や立体美術については、カメラ撮影からのフィルム製版がやはり主流だ。大型のキャンバスをそのままスキャンするような大型機材《アートスキャナ》は一般的ではない。本格的に画集を作る場合にはレンタルする手もあるが、過去作全部を……となると結局、作業工程と金額面で現実的ではない部分もある。

　また彫刻などの立体物にはいっさい使えないし、スキャニングのあとに発生する色校正やレタッチなど、一般商業印刷よりもさらに、執拗《しつよう》なほど質感や色、雰囲気などにこだわり抜く。

「たまにうちの会社も企画ものとかで関わることあるけど、印刷職人さんたちがすごすぎる」

「あれも特殊技術やからね」

　未紘が手がけるのは一般文芸と、近年一気に供給・需要ともに増えたキャラクター文芸。とくに現在の部署では若手の編集とあって後者を任されることが多い。

「おれがよく扱ってる装幀用のイラストとかは、デジタルも多いしね。そもそもが版下として成立するように描かれてるからね。校正にかかる手数の違いは当然なのかな」

「せやね。こっちは印刷どころかカメラ撮影すらできん、謎の画材とか使うひと、おるからな……そんで色校見て、なんでこの色が出てない、て怒るねん……」

「謎の画材って」

「本人もなに混ぜたかわからん、玉虫色したやつ……」

遠い目になる朱斗に、未紘は同情するしかない。商業イラストレーターや漫画家も、印刷の色には相当こだわるひともいる。それでもそもそもが印刷に適したものを描いてくれているわけなので最終的にはどうにかなるのだが、本来一点物の芸術作品を作るアーティストとなれば、こだわり具合は尋常でないだろう。

「ど、どうなったの、それ」

「最終的には職人さんが現物見て、レタッチしてどうにかそれっぽく再現。作者が気にいるまで、色校出し直し、二十回はいった……」

「……ほんと、お疲れ」

朱斗の死んだ魚のような目を見るまでもなく、そこまでにかかった諸々《もろもろ》の経費を考えると真顔になるほかない。未紘がふだんよりワントーン落とした声で告げると「いや、すまん、愚痴った」と朱斗が手のひらをひらひらさせる。

「ともあれ、忙しいならしゃあないな。今度また誘うから、一緒に飯食おう。さとーくんとか伊吹《いぶき》くんも呼んで」

「弓削《ゆげ》さんは？」

「あれは呼んでも来んやろから、最初から頭数にいれてへん」

しれっと言ってのける朱斗と、話題に出た弓削碧《みどり》は、もう十年以上の恋人関係であるはずだ。だがこういうとき、ふだんは底抜けに情の深い朱斗がひどくドライな反応をするのも知っている。

「……まあ、弓削さん忙しそうだしね」

当たり障りのないことしか言えずにいれば、朱斗はからからと笑いながらすっぱり言った。

「未紘くん、無理にフォローせんでええて。だいたい碧にさんづけとかいらんよ、そっちのが年上なんやから。あいつ仕事の関係者でもないんやし」

「いまのところはね。でもいつ関わるかわからないし……それに、そうじゃなくてもなんとなく、弓削さんには『さん』つけないといけない気が……」

年齢的には朱斗と弓削、そして彼らと同級生の佐藤一朗《さとういちろう》は、未紘より三つほど年下になる。だが、年齢よりかなり童顔の朱斗をのぞくふたりは、なんというのか貫禄《かんろく》と落ち着きが破格で、およそ年下には思えない。

「あいつ態度でかいからなあ……ほんま、ごめんね」

「それは、それこそ志水さん……じゃなくて、朱斗くんが謝ることじゃないでしょう」

つい仕事モードで話しかけ、じろっと睨《にら》まれた未紘は苦笑して呼び名を変える。もうプライベートな話なのだから、と朱斗は肩で息をした。

「未紘くんの公私混同せんとこ、えらいなって思うけど、ちょと四角四面すぎひん？　おれについても、何度も言わんと『志水さん』呼び、やめてくれんかったし」

「そりゃ、完全オフならそうでしょうけど、いまは仕事の延長だから、ついね。担当する先生方も、こだわるひと多いから、極力丁寧にしないとって」

「そんだけ気ぃ使わんとならんとか、編集さんて大変やな」

はあー、とわざとらしいため息をついてみせる朱斗に「画廊のスタッフがなに言ってるの」と未紘も苦笑するしかない。

「そっちこそ、もっと大変なひと多いんじゃないの？」

「おれは基本、裏方やからねえ。ほんとのとこ、秀島さん以外とはろくに口もきかん……というか、むずかしいひと多すぎて、まともに会話になってくれんのよ」

「そっか」

うなずいては見せたけれど、じっさいの朱斗を何度か招かれた画廊の催事などで見かけた折りには、彼特有のひとあたりのよさで、気むずかしそうなアーティストらをうまくいなしていた記憶がある。だが、本人としては納得のいく対応ではないのかもな、と未紘は思った。

「碧をもっとややこしくしたようなひともおるし……みんな秀島さんみたいに穏やかならええんやけどなあ」

しみじみため息をつく朱斗に、未紘はこっそり「それはどうだろう」と内心つぶやく。

（秀島さんも、あれはあれでかなりクセのあるひとだと思うなあ……）

基本的に、慈英が穏やかなのは未紘も認める。未紘に対してはいとこのパートナーであり、仕事に携わったこともあって、かなりやさしいと感じている。おそらく装幀関連についても『身内価格』で引き受けてもらっているのは知っている。

ただやはり、朱斗のように手放しで「いいひと！」と言いきってしまえないのは、天才と謳《うた》われるあの画家が、ひとを徹底的に打ちのめす才能を持っている人物だと、知ってしまっているからだろう。

――未紘は、才能って信じるか？

もうあれから干支《えと》ひとまわりほどの月日が経《た》っているのに、慈英のいとこである『彼』のあの苦くあたたかい声はいまだに忘れられない。

絵画への道を断ったことについて、なんらこだわりはないと彼は言うし、その言葉も嘘ではないと知っている。だが、四号キャンバス――およそ三十センチ×二十センチ程度のちいさな枠、そのなかに、まだ十代なかばだった慈英が描いた絵。その一幅で彼の人生が変わったのは事実だ。

「……つくるひと、ていうのはすごいね、ほんと」

「うん？」

ぽつりとつぶやいた未紘に、朱斗が目をしばたたかせる。

「いや。おれはその『つくるひと』の手伝いがしたくていまの仕事をしているわけだけど、やっぱり、どんなジャンルであれ、作品の与える影響って、大きいから」

照映《しょうえい》と慈英の関係に対する複雑な感情はさておき、常から思っていることでもある。こぼれた言葉の補足のように述べれば、朱斗も「ああ」とうなずいた。

「小説なんかはとくにそうやろね。若い子も読むやろし、そもそも一点物のアートとは比べものにならん数のひとが手に取る。影響力のでかさとかは半端ないやろな」

わかる気がするという朱斗に、未紘もうなずき、フィルムのはいった封筒をそっと撫でた。

「……いいもの、つくれるといいなあ」

「未紘くんなら大丈夫やろ」

「あはは。おれがつくるんじゃないんだけど。裏方だし」

笑っていなそうとした未紘に「なに言うてんの」と朱斗はあきれたように言う。

「編集さんも立派に『つくるひと』やろ。こんな本作りたいて企画したり、こうやって装幀選んだり。デザイナーさんも未紘くんが見つけてきたひとやろ？」

「そ、それはまあ、でも」

「ほんまの裏方はおれみたいなやつよ。雑用こなせるからなんとか仕事もろてるけどね」

「そんな……」

そんなことはと言いかけた未紘を制するように、朱斗はにこりと笑う。

「むしろ、おれは完全に裏方でええねん。芸術のことなんもできんしわからん、逆にそのほうがこういう場で生きてく理由にもなる。目利きは店長やらに任せて、事務仕事きっちり、ひとあたりだけはばっちり」

微笑んでいるけれど、その言葉に含まれる諦念《ていねん》としたたかさに、未紘は圧倒された。

朱斗もたしか、美術系の専門学校に進んでいたはずだ。だがあくまで碧に影響されてという、若さゆえの選択をいまの彼は「雑なことしたよなあ」と笑って振り返る。

「まあでも、その雑さが強みかなとも思ってるんで、これはこれで」

「雑さが強みって？」

「……おれが『なんもわからん子』やから許してもらえるとこもあるってこと。これはこれで使いようやねんで」

戸惑う未紘に対し、にやっと言ってのける。朱斗は、小動物めいた見た目のわりに案外と肝が太い。これもつきあう相手の影響だろうか。

（そもそも、朱斗くんが秀島さん、いいひとって言いきってるのも……）

もしかすると言葉どおり単純なことではないのだろうか。見誤っていたかもしれないな、と未紘はすこし、反省した。

「……なんていうのか、朱斗くん、意外にしたたかだよねえ」

なかばあきれ、なかば感心して告げれば、「んふふ」と朱斗は含み笑いをした。そうすると、彼の可愛らしい童顔が、なかなかどうして食えないものに見えてくる。

「おれは未紘くんみたいにいい大学出てるわけやないからね。腹の据わりくらいはないと」

「そうは言われても、おれも結局、大学で専攻したのといまの仕事、ほぼ関係ない状態なんだよね……バイトから就職したし」

「そんでも法学部だったんやろ？　知識あるのとないのとでは雲泥の差よ」

「まあそりゃ……っと」

すっかりぐだぐだになってしまった会話に苦笑していると、未紘は応接テーブルにおいていたスマートフォンのディスプレイに、通知が浮かびあがるのを確認する。

【いま電車に乗りました。予定時間より五分ほど遅れます】

待ち合わせているデザイナー当人から、約束の場所へ向かっているとの連絡だった。未紘は慌てて腰を浮かせる。

「いけない、これ持って行かないと。もう出なきゃ」

「おっと、引き留めて悪かった」

「いえこちらこそ。色々ありがとうございました」

ばたばたと荷物をまとめ、書類をいつも持ち歩いている大ぶりなトートバッグに放りこむ。けれど借り受けたフィルムと紙焼きは慎重にファイリングし、丁寧にしまいこんだ。

朱斗も立ちあがり、コートを羽織って足早に外へ向かう未紘の背に声をかける。

「お疲れさん。気をつけてな。あ、ほんとに今度飲もう?」

「もちろん。めげずに誘って」

「めげんのだけが取り柄よ」

じゃあまた、と画廊の入り口まで見送ってくれた朱斗に手を振り、未紘はすぐに大通りへと出た。地下鉄もまだ充分動いている時間ではあるが、足を踏み出したとたん覚えためまいに、階段を降りるのが不安になった。

(いかん。寝不足で呼吸浅くなってる)

朱斗と話しているうちは気力で保っていたが、ひとりになったとたんすさまじい疲労感が襲ってきている。本当のところ、現在すでに二徹の状況だ。うっかり電車内で寝入って、荷物を忘れたりなどしたら目も当てられない。

すこし迷ったのち、視界の端に空車のランプがついたタクシーをとらえ、手をあげた。

近年の不況で東京はどこも夜が早いが、さすがに銀座となれば多少のタクシーは捕まる。

「品川まで」

ほっと息をつきながら、かすれた声でデザイナーとの待ち合わせ駅の名を告げ、後部座席に深く沈みこんだ。

わずかな時間だが休憩がとれることにほっとしつつ、これからの段取りを頭の端で考える。

（まず品川駅で、紙焼き渡して……あっちも受けとったらすぐ、帰るだろうから）

その後ひとまずどこかで軽食をとりつつ原稿をチェックし、時間と状況によっては一度会社に戻ろう。今夜中に片づける残務を頭に浮かべつつ、未紘は熱っぽいような瞼《まぶた》を落とした。

すうっと、一瞬で意識が遠くなる。寝落ちしそうになったとたん、ポケットにいれていたスマホがぶるっと震えた。はっとなった未紘が慌ててそれを取りだせば、画面にはついさっき別れたばかりの朱斗からの通知がある。

【さっきはお疲れ！　無理せんでお仕事頑張って！】

特に用はないけれど、ねぎらうためだけのメッセージ。絵文字とスタンプを使ったそれになごまされ、ほっと力が抜けた。

「……にしても、文章も標準語じゃないんだなあ」

朱斗のあまい声で綴《つづ》られる関西弁が、なんとなく耳に残っている。彼も中学から東京暮らしで、こちらの生活は未紘よりよほど長いのに、相変わらず郷里の言葉を使うのが不思議だ。

未紘自身はといえば、無意識レベルの方言やイントネーションの違い以外は、ほぼ標準語しか話せなくなってしまった。地元の九州に帰省して古いなじみと話せば一時的には戻るけれど、それもほとんど付け焼き刃。近年は仕事の忙しさにかまけて実家に戻ることもしていないので、もうこの数年、ひとまえで九州弁を使った覚えはない。

そもそも、いまの未紘がおのが居場所だと強く意識するのは、十数年を過ごした九州の実家ではもはや、ないのだ。

忙殺されてはいるが、好きだし、やりがいのある仕事。こちらに来てから出来た、仲間や友人——そして、大事なひと。

（きょうこそ、家、帰りたい）

ぼうっとする頭で考えるのは、もうだいぶまともに顔を見ていない気がする同居人のことだ。

一緒に暮らしはじめたころは、未紘のほうが忙しい彼のサポートを頑張りたくて、家事などもかなり請け負っていた。

しかし最近はといえば、家に戻るのも大半が午前様、場合によっては社内に連泊。結果、サポートどころか、手先の器用さどおり料理上手な相手に「弁当でも作ってやろうか」と言われる始末。

「……照映さん」

ぽそ、とつぶやいたのは、未紘の同居人、かつ、パートナーである秀島照映、そのひとの名だ。一見はおおざっぱだけれど、繊細で濃《こま》やかなところもある彼に、このところ気を遣われてばかりなのが情けない。

それになにより。

「ちゃんと会いたいなあ……」

一緒に暮らしているはずなのに、こんなことをぼやかなければならない状況が、どうにも歯がゆくてならなかった。

＊　＊　＊

その後、どうにかこうにか各種の仕事を終わらせた未紘がようやく帰宅したときには、深夜というよりもはや、早朝に近い時間となっていた。

「ただいまあ……」

ほとんどため息だけの声で挨拶をするのはただの習慣だった。

五階建てマンションの、五階の角部屋、３ＬＤＫのそれは、この十数年でなじんだ未紘と、そして部屋の持ち主でもある男の大事な城だ。同居人がいようといまいと告げる「ただいま」は、もうこの愛着ある部屋そのものにたいして告げているようなものだ。

結局あのあと、品川でデータチェックをしている間に会社から呼び出される案件があり、残りの作業は自分のデスクで行うことになった。

夜中の一時に作家へと電話をかけるのも、もう慣れたものではある。予告してあったため相手も起きていて、最後の最後、複数人の関わった校正で拾ったつもりでこぼれた誤字などをつぶし、最終校を終了させ、印刷にまわした。深夜にもかかわらず受付てくれた印刷所にはメールで平身低頭、明日の朝イチから作業にかかるという約束を取りつけた。デッドライン進行のため、おそらく最後は印刷所から直接の確認の電話をすることになるだろう。

（まあでも、とにかく、終わった）

キャラクター文芸を手がけるようになって、未紘も綱渡りな進行が増えた。一般文芸作品に比べてタイトな進行になるのは、出版スケジュールと発行点数が毎月ルーチンで決まっているライトノベルのやり方がベースになっているせいもある。

ギチギチのそれを是正すべく、業界全体で皆取り組んでもいるけれど、言ったところで作家の筆が早まるわけでもないのが悩みの種だ。むろん、優良進行の作家もいるにはいるが、そうすると今度はイラストレーターが遅筆だったり、デザイナーが体調を崩したり、印刷所のベテランが退社したり、担当編集が突如転職したため仕事がにょっきり生えてきたり——と、さまざまな要因が絡んで進行の予定はずれていく。

気づけば帳尻をあわせるのに走りまわる羽目となり、どうしても犠牲になるのはプライベートの生活時間だ。

靴を脱いで玄関をあがったとたん、疲労で散漫になった脳裏ですら、意識から離れない一文がよみがえった。

『もう、ぼくは、だめかもしれません』

「……っ」

会社からの呼び出し案件の最大要因だったそれを思いだすと、ひやりと首筋を冷たい手で撫でられたような感覚があった。みぞおちも冷たく、ひくりと引きつる。無意識に胃をさすり、未紘はため息をついた。

「疲れた……」

思わず言葉がこぼれ出る。ひとりごとが癖になるのはいやだな、とぼんやり考えたと同時、予想外に応じる声がかけられた。

「おう、お疲れさん」

「えっ」

ぎょっとして顔をあげると、玄関の電気がつけられる。そこには眠っていると思っていた同居人が、風呂上がりとおぼしき格好で、濡《ぬ》れた髪をぬぐいながら立っていた。

「照映さん！　こんな時間にどうしたんですか」

「おれも、ついさっき戻ったんだよ」

「え……なんか急ぎの造りとか、あった？」

照映がトップをつとめる宝飾の工房は、繁忙期には納品のため徹夜仕事になることもある。だが年間を通しての催事計画は例年さほど変わらないため、いまがそういった火事場になるシーズンでないことくらい、未紘も把握していた。

「じゃなくて、あれだ。城《じょう》ヶ《が》崎《さき》様のチャリティーパーティー」

「え、もうそんな時期だっけ?」

宝飾デザインの世界にいると、それなりに顧客相手の『つきあい』というものが必須だ。いま照映が名前をあげたのは、元女優であり、現在はある代議士の妻としてタレント活動をしている城ヶ崎みすずのことだ。例年、大規模なチャリティーパーティーを企画し、収益を慈善活動などに役立てている。

照映の師匠であり、本社社長の『ジュエリー環《かん》』の現会長、環智慧《たまきちえ》は城ヶ崎と長年の友人で、チャリティーの目玉であるプレゼント大会に、よく自社のノベルティや商材を提供していた。

長身で見目のよい照映はよく、社長のつきそいでその手のパーティーに引っ張りだされている。未紘もつきあいで顔を出したこともあり、さすが宝飾業界……とうなるような豪奢《ごうしゃ》な集まりだったのをよく覚えている。

「そんな時期なんだよ。てか、すっげえ顔色だな未紘」

「え……ひ、ひどい?」

自分ではよくわからないと頰《ほお》をさすれば、顎《あご》をとって顔をあげさせられる。睨んでいるような強い目に、こくりと息を吞《の》めば、硬い親指の腹で頰をさすられた。たしかにすこし、ざらついている。

「ひどいなんてもんじゃねえわ。ちゃんと飯食ったのか?」

「えっと……どうだっけ」

言われて、首をかしげる。朱斗の誘いを断ったのち、品川駅のコーヒーチェーンでサンドイッチとカフェオレといっしょにデータを確認していたわけだが、その途中で社からの呼び出し電話があって——。

「食べた、ような……食べてないような？」

校正と進行、そしてなにより心配ごとで頭がいっぱいだったため、作業しながら囓《かじ》ったそれを最後まで食べ終えたのか、はたまた残してダスターに突っこんだのかも定かではない。

首をひねると、照映がため息をついて「来い」と顎をしゃくった。

「え、なに」

「雑炊でも作ってやるから胃にいれておけ。頰がこけちまってる」

「そ、そんな、照映さん疲れてるだろうし、自分で」

長い脚ですたすたと歩いて行く男のうしろを、脱いだコートを手にした未紘が慌てて追いかける。くるりと振り返った彼は、ひったくるように未紘のコートを奪うと、壁にあるハンガーラックにさっさとかけた。

「ただでさえ大してうまくねえ料理を、ぼへぼへした状況のおまえにやらせたら、あとがもっと面倒だ」

「うっ……」

否定できない、と未紘は押し黙るしかない。

そこそこ器用になんでもこなせるほうだと自負しているけれど、料理の腕についてだけは上京してから十数年、ちっとも上達しなかった。

理由のひとつにはこの、一緒に暮らす男の存在がある。照映は豪快な見た目に反してすさまじく器用で、かつ芸術肌らしく凝り性。なおかつできないことがあると気にくわないチャレンジ精神の持ち主で、いまではプロ並みなのでは、という凝った料理も作れるほどの腕がある。

（……まあ、ある意味じゃソレも、秀島さんの影響だけども……）

もともと料理がうまいのは、彼のいとこである慈英の方だった。それこそ恋人と一緒に暮らすにあたり、画家である彼が気分転換も兼ねて料理を工夫するようになっていき、無駄に負けず嫌いな照映はそれを知るや、張り合うようにこれまた料理の腕をあげていった。

その間の未紘はといえば、大学を卒業後に現在の出版社へ就職。編集の仕事に慣れるにつけ不規則きわまりなくなる生活で、定期的に食事を口にすることもままならない現状。

勝ち目など、あるわけがない。

「手洗ってうがいしたら、座ってろ」

「え、はい。で、でも」

台所の主にびしりと言われ、申し訳なさにおたおたしていると「でもじゃねえよ。はやくしろ」と叱《しか》るように言われた。

「雑菌対策は帰宅後が肝心だぞ。秒で行け秒で！」

「はいっ！」

かつてのバイト時代の名残で、照映の低音でぴしりと言われると反射的に従ってしまう。

慌てて洗面所でエチケットどおりの洗浄を済ませた後、台所に立つ照映のうしろをうろうろしていれば、「座ってろつったろうが」とあきれ混じりに告げられた。

「おれも……なんか手伝い……」

「いらねえよ」

振り向いた彼に、じろりと睨まれた。出会ってから結局未紘の身長は三ミリ以上伸びることはなく、そして照映は相変わらず大柄で、迫力がすごい。

鋭い目を眇《すが》め、じいっとこちらを見おろしてくる彼の眼力に怯《ひる》みそうになる。だがその目の奥にあるのは、心配と思いやりだけなのだ。

「真っ白だぞ、顔」

「え……？」

ふう、と深くため息をついた照映は、眉間《みけん》のしわを深くしていた。

「頼むから座って大人しくして、これでも飲んでろ」

未紘がぐだぐだと言う間に手早く淹《い》れた茶を渡され顎をしゃくって促され、定位置の席に腰掛けたとたん、どっと重力を感じ、疲労を自覚した。両手に抱えた湯飲みに口をつけてすると、ほうじ茶につぶした梅肉が入っている。

「……酸っぱい」

「疲労回復にいいっつって、買ったのおまえだろうが」

これ、と照映が振ったのは練り梅のはいった小瓶だった。そういえば梅ほうじ茶が身体《からだ》にいいと会社の同僚に教えられたのだったと、ぼやけた頭で思いだす。

（おれの忘れたこと、照映さんはいつも、覚えてる）

それが嬉《うれ》しく、同時にすこし、申し訳ない。

吹き冷ましながらすするお茶は美味《おい》しかった。梅の酸っぱさとうまみがほうじ茶に溶け込んで、気づかずに荒れていたような気がする内臓をやさしくなだめ、麻痺《まひ》していた空腹感がじわじわ、刺激されていく。

ひとつには、小鍋で煮える出汁《だし》と米の、やさしい香りもあるだろう。

「卵いれるか」

「お願いします……」

気づけばテーブルにぐたりとなついたまま、だらしなく返事をしていた。振り返った照映が「了解」と短く答え、くすりと笑う。

広い背中と、片手で揺する小鍋のちいささがミスマッチで、なんだか可愛いなと思った。

そして、このひとはなにをしてても格好いいなあとも思う。部屋着のトレーナーごしにもわかる引き締まった身体は大台に乗ってもたるみなどないまま、年齢を重ねたなりの重厚さと逞《たくま》しさを増している。

（照映さんは、ずうっと大人）

彼の野性味あふれる色気は、出会ったころから変わらない。むしろ年を重ねるごとに渋みを増して、男ぶりがあがったと評判でもあるらしい。

対して、自分はどうだろうか。もそもそとくたびれたスーツの上着を脱ぎ、袖をまくって現れたのは、貧相とまではいかないけれど、逞しさとはほど遠い、ほっそりとした青白い腕。

「……はあ」

「なにため息ついてる」

ぬっと目のまえに、太い指に支えられた小どんぶりが差しだされた。ほかほかと湯気を立てている卵雑炊には鶏団子まではいっていて、短時間でこんな凝ったものを、と目をまるくすれば「残りもんで作っただけだ」と、心を読んだようなことを言われる。

「おれなんも言ってないよね？」

「顔にぜんぶ出てんだよ。相変わらずな。昨日はひとりで鍋作ったんだよ」

ほれ食え、と木さじも渡され、ありがたく受けとった。

「イタダキマス」

「はいよ」

照映は向かいに座ると、自分の湯飲みにそそいだほうじ茶をすすっている。

「……さきに寝ていいよ？」

「まだ寝られる感じじゃねえよ」

そんなことを言って、煙草を取りだした。こちらが食事をしていても、かまわず吸っていいという話はむかしからしてあるのに、律儀に「いいか」と確認をとってくる。

「どうぞ」

「おう」

テーブルに置いてあるマッチの大箱から無造作に一本を摑《つか》み出し、慣れた手つきで擦る。イオウの焦げる匂い。最近では環境に配慮した脱硫マッチなどもあるそうだが、照映はこの刺激臭がするほうが、煙草の味がいいのだと言う。未紘もこの独特の匂いはきらいじゃない。

じりじりと吸いつけ、深くくゆらせ、吐きだす。男くさく整えた鬚《ひげ》と形のいい唇の周囲に、紫煙がゆるゆるとまとわりついては消えていく。

未紘はいっさい煙草を喫《の》まないけれど、照映がこうしてくつろいでいる姿を見るのは好きだった。なにかと世間的にはうるさいし、そのうち国内でも全面禁止になる可能性は高いけれど、好きな男が好きなものを味わっている姿を眺めるのが、好きなのだ。

「……うまいか？」

「うん。照映さんは？」

「ん？」

「煙草。美味しい？」

雑炊を吹き冷ましながら問えば、照映は長い指に挟んだ愛飲するそれをじっと眺め、「あー」と生返事をした。

「つか、なんだいまさら、そんなこと」

「なんか訊《き》いてみたくなった。けっきょくおれ、味がわからないままこの歳《とし》になったし」

なにが驚きといって、いまの未紘が出会ったころの照映よりすでに年上になっている、という事実だ。それでも、あのころ憧れたような、『ちゃんとした大人』になれたかと問われれば、首をかしげざるを得ない。

いまもむかしもこうして、彼に面倒を見られている自分は、果たして成長できたと言えるのだろうか。

（もう、干支一回りは経ったのに）

正直、この十数年で、色んなことが変わった。

照映と、相棒の霧島久遠《きりしまくおん》とふたりでまわしていたちいさな工房『KSファクトリー』は、本社である『ジュエリー環』の正式な子会社化にともなって、すこしだけ規模を大きくした。

具体的には従業員が十名ほどのちいさな製作工房だが、会社は会社。そもそも未紘がアルバイトで出入りしていたころには、彼らのほかにひとりしか従業員がいなかったのだから、それだけでもだいぶ違う。

肩書きだけだと照映は苦笑するけれど、社長と名がつく仕事にプレッシャーがないわけもない。

「照映さんはずうっと大人で、すこしも追いつけてる感じがしない」

「……んなこたねえよ」

くわえ煙草のまま苦笑する彼は、煙が目に染みるのか、片目だけを眇めている。こういう苦み走った大人の男に憧れて、いまだにその気持ちは継続していて――でも、年齢さえ重ねればこうなれるわけではないことも、もう知っている。

ため息と同時に、ぼやきたくもなってしまうというものだ。

「はやく大人になりたい……」

「いい歳こいてなに言ってる」

「あた」

ぺちんと額をたたかれて、むくれて見せればにやにやと笑っている。むかしから変わらないやりとり。けれど照映がこうしてちょっかいをかけるのは、落ちている未紘の気をそらすためだと、もうわかっている。

ため息ひとつで、詮《せん》ない物思いから切り替える程度には成長した――と、思いたい。

「まあ、童顔も役に立つなとは思うから、いいっちゃいいんだけども……」

「ものごと顔だけじゃねえだろうよ」

「んー？　でも、見た目わりと大事ですよ？　やっぱり」

おのれの利点といえば、と、雑炊を噛《か》みしめながら未紘は首をかしげる。

「おれはまあ、顔とキャラもあってなごみ系編集って言われてるし、そこそこ懐にはいるのうまい自覚もあるし？」

あえて強気にうそぶけば、苦笑した照映が「やな自覚してやがんなあ」と茶化した。

「言っとくけどね、そういうの強みだって教えたのは、照映さんと久遠さんですからね？」

「そうだっけか？」

「そうですよ。まだ十代のころから、ミッフィー言ってやたらめったら可愛がってくれて」

おかげで年上にあまえるのがずいぶんうまくなったのだと気づいたのは、社会に出てからのことだった。

——早坂って、懐にはいるのうまいよなあ。気づくと、十年前からいましたよ？　みたいな顔してそこにいる。あ、嫌みじゃなくて。それ武器だから、大事にしとけよ。

「……て、上長に言われて自覚しました。だいたい、どこ行ってもなんとなくビビらんでいいようにって、あちこち連れまわしたの照映さんでしょが」

まだ学生のころから、照映の仕事絡みのパーティーや展覧会、その他の催しなどに「バイト」と称して連れていかれた。宝飾業界や美術・芸術に関わる集まりでは、各界の著名人が集まることも多く、未紘がそれと知らぬまに大物や大御所に挨拶をさせられていることもままあった。

「おかげさまで、新入社員のころから誰に会おうと、どこ連れていかれようと、特にビビらないし驚かないしで、気づけばそういう扱いですよ」

「はっは。そうだったか」

未紘がまったくそれと自覚しないままに、経験を踏ませ育ててくれた男は「そんなこともあったっけ」と笑うばかりだ。

「けどまあ、物怖《ものお》じしないでいられるってのは、経験もだが資質もモノを言うからな。なにをどうしたって、ビビリはビビリで直んねえよ」

「……まあ、それはなんとなく。めっちゃビビリな作家さんいるし」

そうして思いだしたのは、慈英の装幀で出版されているシリーズ小説の作者であり、業界内でも人見知りと繊細さが有名なホラー作家、神堂風威《しんどうふうい》だ。

いまだ、マネージャーを通してしか他人とろくに会話できない神堂は、あれでもうデビューから二十年ほど経つらしい。映画化やドラマ化なども多数、著名な小説賞も受賞したりノミネートしたりと華やかな場に出る機会は未紘の比ではなかっただろうが、人見知りの性質は変わっていない。

――早坂さんは、こわくないから。ぼくが、直接話しても、だいじょうぶ、です。

「……って言われたことあって、あ、そっかーって。顔怖くないのって案外ポイントになるんだって」

前任からの引き継ぎで担当についたとき、初顔合わせで言われたのがそれだった。隣にいたマネージャー氏は、見た目こそ押し出しの強い派手な男性だったけれど、線の細い美青年であるその作家を大変に気遣っている様子が見られた。

――うちの先生が直接しゃべれるってだけでも、ほんとすごいので……。

今後ともよろしくと深々頭をさげられ、逆に恐縮したものだったが。

「まえも聞いたなその話。ビビリのホラー作家ってえらい皮肉だと思ったが、その先生か」

ひととおりを話したあと、照映が、過去の記憶をたぐるように視線を上に向けて言う。未紘は雑炊にはいっていた鶏団子を吹き冷ましながらうなずいた。

「そうそう。で、そのマネさんも、最初は先生にすげえビビられた、って言ってた。派手で大柄な、ぱっと見オラついて見えるひとなんで」

とっかかりの印象が悪くないに越したことはない。この職について、さまざまなひとと会うようになって、それは本当に痛感するようになった。

同時に、ひとは見た目だけではけっしてはかれない、ということも思い知った。

「もちろん、作家さんは最終的には書いたもので勝負する仕事だし、そこをサポートするのがおれの仕事なんだけども……」

ふう、とため息をつき、やわらかい雑炊に満たされたはずの胃が、また重く固くなるのを感じる。無意識に腹をさすると、煙草をもみ消した照映が「おまえ、どうした」と声のトーンを変えた。

「ただ立てこんでるだけにしちゃ、妙に疲れてる。なんかあったか」

さっくりと踏みこんできた照映に、こめかみがわずかにひきつった。

「……なんかって？」

目をあわせないまま静かに問い返せば「知らねえよ」と素っ気ないくらいの返事がある。

「けど、おまえが帰ってきてからいまのいままで、まったく訛《なま》りもしねえでしゃべってるのが、どうにも気持ち悪い」

「気持ち悪いって、ひっど」

眉を寄せて笑い、未紘は頬を掻《か》く。そうして、ぷすんと自分の身体から空気が抜けていくような脱力感に気づいた。

数時間前、朱斗の関西弁を維持できているのが不思議だ、もう自分は九州弁など忘れたと思っていた。むろん、もう標準語のほうが使う機会が多く、スタンダードになっている部分もあるのは事実なのだけれど、気づいてみればなんのことはない。

自分が『家』と定めたこの場所で――心を許した男にもろくに会えないままでいたせいで、

気の抜き方を忘れていただけのことなのだ。

それでもむろん、地元にいた当時ほどの言葉遣いにはもう、ならないのだけれど。

「おれがずぅっと、オフになりきれとらんかっただけかぁ……」

「ん？　どういうこった」

「いや……」

怪訝《けげん》な顔をする照映に、なんでもないと笑おうとして、未紘はやめた。取り繕う顔を、このひとにだけは見せたくなかったし、また見せなくていいことも、知っている。

「……ん。照映さん、ちょっと愚痴っていい？」

「かまわねえよ」

そっけないほどあっさりうなずき、照映は新しい煙草を取りだした。もともと聞くつもりでいてくれたのだと知り、苦笑が漏れる。

「ありがとう。じゃあ……」

どこから話そうかな、と、食べ終えた器をテーブルに置いて未紘は迷う。もたついた空気を読んだように、照映が水を向けてくれる。

「なんだ。作家の原稿が遅れてるとかか」

「まあそれは正直いつも、なんだけど……」

言葉を探す間に、手早く淹れなおされた茶が湯飲みに注がれてしまう。今夜はとことんあまやかしてくれるつもりらしい。素直に受けいれ、もう梅の味はせず、まろやかなそれをすすって舌を落ちつかせた。

「……このお茶美味しいね」

「もらいもんだからな。京都の、いい御茶屋のらしい」

そっか、とうなずきながら、話の腰を折った未紘をせかさず、ぷかりと煙を空に浮かせる照映を見つめる。行き詰まった相手のまえで『ただそこにいる』ことができる彼の大きさを、静かに思い知った。未紘は茶を吹き冷ますふりで、ため息を払う。

（情けないこと、ほんとは言いたくないけど）

愚痴。読んで字のごとく、愚にもつかない話。むかしは弱音だとかマイナス感情だとかいったものをこぼすのが、とても苦手だった。正直いまもそう得意ではないし、どちらかといえばつらくとも平気な顔をしているおのれに、プライドを持つほうだ。

それでも、そもそもが自分の見苦しさも未熟さもつぶさに見つめ、じっとそばに居続けてくれた相手が胸襟《きょうきん》を開いて待ってくれているのに、無駄な意地を張ってもしかたない。

（いや、うん。聞いてもらおう）

照映は恋人の愚痴ひとつで見放すような、そんな浅い男ではないのだから。

もうひとくち、香ばしい茶をすすって、未紘は口を開いた。

「なんとなく、でしかないけど……いま関わってる作家さんが、思った以上に行き詰まってる感じがしてて、気になってる」

「……あの、慈英の絵がつくやつじゃねえんだよな？」

すこしだけ心配そうな声音になる照映に、未紘はかぶりを振りつつこっそり笑った。なんだかんだと、身内が関わることについて照映が過保護なのは変わらない。

「神堂先生の本は短編の再録だし、進行も順調。……そっちじゃなくて、おれが気になってんのは、まだぜんぜん若手のひと」

「〆切、間に合いそうにねえのか？」

うなずきかけて、未紘は静かにかぶりを振った。

「最悪それはまあ、調整する。本の出版も……ペナルティつくこともあるけど、延期にすることだってできなくはない。……ただ、その」

口ごもった未紘に「ああ」と照映はうなずいた。

「本が出る、出ねえって話じゃなく、その作家自身のメンタルの問題か」

「……うん。追いつめられちゃうタイプのひとって、わりとこの業界多くて」

いま口にしたとおり、作家も編集も、突き詰めすぎてメンタルをやられることは非常によくある。不規則な生活に慢性的な寝不足、過剰とも言える労働時間。さらにここ二十年はインターネットのおかげでユーザーの声が直接耳にはいるようになったぶん、プレッシャーのかかり方もむかしとは比べものにならないほど変化している。

「気にしないようにするのも仕事のうち、って感じのところはあるよ。ファンの声を拾うのも大事だけど、情報や感想と上手につきあえるひとばっかりじゃないし……あえて遮断するのも必要だったりする。でも」

「あー……そういうヤツほど、気にしすぎて自分から覗《のぞ》きにいったりすんだよな」

「うん……」

評判が気になるのは痛いほどわかる。売れ行きが悪かったら、悪評ばかりであったらどうしよう、と考えて怖じけるのは編集もまた同じだ。しかし、神経を尖《とが》らせるタイプの繊細な作家にとっては、たとえ高評価の感想やレビューすらも重荷になることがある。

「なにを言われても『文句を言うってことはおれの作品が気になってしょうがないんだ、つまりファンだな！』って解釈できちゃう、お強いひともいるんだけど」

「ははっ。それはそれで羨ましいタイプだな」

笑う照映は、「でも」とすぐに真顔になる。

「おまえが引っかかってんのは、そう強くないタイプのヤツの方ってことだよな」

「繊細なひとで……それこそ、まえの担当とうまくいかなくて、一時期は版権引きあげまで行きかけたらしい。ひとまず上長がおさめたあとに、わだかまりがない相手がいいだろって、当時はあんまラノベやってなかったおれにまわされた」

編集と担当の関係については、世間で想像されているほどステレオタイプなものばかりではない。用件以外一言も口をきかない徹底的にビジネスライクな関係もあれば、ほとんど共作しているようなコンビもいる。

そしてひとである以上、どちらが悪いわけでもないけれど、とにかく相性が合わない、というパターンも、残念ながら、出てくる。

「契約関係までとなると、けっこうなアンタッチャブル案件か。後任は慎重にならざるを得ないわな。一度揉《も》めたやつってのは、また揉める可能性が高い。……会社側もフリーランスも、双方の言い分があるからややこしいが」

「さすが、話早い」

未紘の短い説明でおおよそを察した照映に感心すると、「外注の職人だの契約デザイナーとかと似たようなもんだろ。想像はつく」と苦笑し、すぐに真顔になった。

「にしてもおまえ、わりとそういう厄介《やっかい》な作家につくこと多くねえか？」

「……まあ、否めない」

照映の指摘通り、未紘は比較的繊細で、ひとによっては扱いづらいとされる作家を、なぜかまわされることが多かった。出版社に勤めはじめるまえから未紘を見て来た照映は、当然そのことを知っている。

「神堂とかいうホラー作家も、なんだかんだ繊細すぎるから前任者に持てあまされて、押しつけられたって話だろ」

「えっ？　おれその話はした覚えないけど……」

神堂はたしかに繊細だが、未紘に対してはなんら問題なく、担当を任された当初から穏やかに仕事ができている作家だ。特筆すべきエピソードといえば慈英の装画くらい。なのになぜ、と目をまるくすれば「慈英がマネージャーから聞いた話だ」とあっさり情報源をバラされた。

「秀島さんが？　また、なんでそんな話を？」

失礼ながら慈英は他人事《ひとごと》にまったく興味がなく、仕事で関わったとはいえそんな話まで聞きこんでくるとは思わなかった。いや、流れで知ったにせよ、照映に話をしているとは想定外だ。目をしばたたかせていれば、照映がにやりとする。

「言うほど慈英は浮き世離れしてねえんだよ。なんだかんだ、あいつの方がよっぽど『厄介慣れ』してっから。関わる人間の裏取るくらいは一応すんぞ」

「いやでも、それわざわざ照映さんに言うとは思わなくて」

「そりゃ、おまえを心配して連絡してきたんだよ。『難しい作家さんらしいので、なにかありそうならこちらには気兼ねなくと伝えてほしい』ってな。まあ、うまくいってそうだから言う機会がなかっただけだ」

「……そんなことが」

神堂の作品に関して、最初に慈英が装画を引き受けてくれたのは、七年ほどまえ、未紘が担当を持って間もない、編集としてもまだまだ駆け出しだったころだ。そんな以前から黙って気遣われていたのかと知り、なんだか胸がつまった。

「お、泣くか?」

「この程度で泣きません」

すこしうるっとしたのをごまかすために睨めば、照映はからからと笑って新しい煙草に火をつけた。基本的にチェーンスモーカーなのだ。

「むくれてねえで、話戻しな」

自分が話題を逸《そ》らしてごちゃつかせたくせして、いけしゃあしゃあと言う照映に、未紘はため息をついてみせるしかない。

「なんか納得いかんけど……まあ、はい。ともかくその先生……灰汁島《あくしま》セイ先生って言うんだけども」

果たして、この件をどう話せばいいものか。迷いつつ、未紘はスマホを取りだした。

「これ、見てくれるかな」

差しだしたそれには『灰汁島@ark005521』というIDのホーム画面が表示されている。

「ん、ツイッターか」

未紘のスマホは最新機種の、そこそこ大きなサイズのものだが、照映の手に握られるとオモチャのようにも思える。信じられないほど繊細な造形を生み出す、器用で太く長い指は、しばらく画面をスクロールしたあとに止まった。

灰汁島のタイムラインに綴られているのはだいたい、こんなような言葉たちばかりだった。

――だめだ、だめだ、だめだ

――つらくて、くるしくて、でもここにいたいなら、もがかなければ。

――ぼくは結局、こんなふうでしかいられない。なんてみっともない

――書くしかできないのにそれもできない、情けない……

大抵は深夜、どれもこれもネガティブで弱々しいツイートばかり。合間に企業告知のＲＴなども挟まっているが、『大人気！　灰汁島セイのシリーズ最新刊、好評発売中！』などと、ライトノベルらしい華やかなイラストと派手な煽《あお》りがついたもので、通常ツイートとのギャップがすごい。

「あー……一応確認するが、こいつは中学生ってんじゃないんだよな？」

男らしく整った貌《かお》を嫌そうに歪《ゆが》めた照映が言い放ったのはそんな言葉で、未紘はちからなく笑ってしまった。

「違うよ。歳はおれとそう変わらんくらい」

「てことは三十路《みそじ》かよ。……それでこの発言か、そりゃあ、なんつーか」

言葉を探せず、照映はくしゃくしゃとクセの強い髪をかきまわした。彼のような健全で現実的な男性には、恐ろしいほどナイーブな、そして脆《もろ》い言葉を吐きだし続けるＳＮＳ独自の

文化は理解しがたいのだろう。

「半分くらいは芸風でもあるんだよ、これ」

「マジか。こんな根暗な……っと悪い」

おまえの担当作家だったな、と口をつぐむ照映に「いや、そのとおりだから」と未紘は笑い、ため息をついた。

「まあ、もともと灰汁島先生の場合、本人のネガティブキャラと、書くラノベの展開の派手さのギャップが受けてて、一時期はちょっとしたネットミーム扱いだったこともあったんだけど」

徹底的にマイナスなつぶやきばかりを繰り返すのに、手がける作品は主人公が特殊な無敵のちからを振るい、襲いかかる事件を解決していくというSFファンタジー。

どちらかと言えば饒舌《じょうぜつ》な文章を紡ぐ方で、作品を読むとその語彙《ごい》の多さとこれでもかとたたみかけてくる表現に圧倒されるところがあった。ライトノベルに特有の外連味《けれんみ》もたっぷりで、シニカルですこし尖って気取《きど》っていて、でもそれが心地よいような、そういう作風だった。

「本人が弱々キャラだから、妄想を叶《かな》えてるんだろうみたいなアンチコメントもあったけど、むかしはそれを自分でネタにできる程度には、しれっとしたひとで……」

未紘も担当する以前から、彼のツイッターは情報収集のためのプライベートアカウントでフォローしていた。その時期はむしろSNSの使い方がうまい作家だ、という印象があった。ナイーブな作家をいじってやろうと寄ってくる悪趣味な連中には、皮肉で切り返すようなしたたかさも、きっぱりと線を引くプロ意識も、かつての灰汁島にはちゃんとあった。だからこそ、彼の書く主人公と正反対の『弱キャラ先生』を皆が面白がり、愛《め》でていたのだ。

けれど近ごろはあきらかにツイッターでの発言が荒れていて、ファンにも心配されている。未紘も、当然その流れはずっと見ていたし、同じくフォロワーの同僚らにも「これは本当に大丈夫か」と言われ、会社からの今夜の呼び出しもその話だった。

――『楽』になる方法を、ずっとさがしているんです。

問題の発言は、数時間前の夜半、十時ごろ。いささかならず不穏なものを匂わせるもので、相互フォローの友人や常連読者などが『先生、どうしたんですか』と話しかけても返答はないままだった。

未紘も上司から「まずいのでは」と呼び出され、電話をかけてみるもつながらないまま。だが、その後突如としてコンビニアイスの写真をアップしたことで、ただのネガツイだったかと胸を撫でおろし、帰宅と相成った。

「しかし、ちょっと心配しすぎじゃねえのか？　正直、そこまでのもんとは思えねえんだが」

ひととおりの事情を聞いた照映は、吸いさしの煙草を口にくわえたままうなる。しかし、未紘は正論にも思える言葉にうなずけないまま、湯飲みを手のひらで転がした。

「これだけ見ればね。おれも最初はそう思ってたけど、……表に出てないけどこの先生、おれが担当する一年くらいまえには『前科』があったって」

「……まだ生きてるってことは、未遂か」

察しのいい照映は、思いきり顔を歪めている。未紘は「ただの事故、かもしれんって話だけども」と、自身でも半信半疑のまま前置きをする。

「まえに住んでたマンション、三階だったけど、飛び降りたか、落ちたかして、骨折して入院したらしい」

「そりゃまた……微妙なとこだな」

「うん、でも」

言いながら、直近の作業を終わらせるまで、極力意識から省くようにしていた、メールの文面を思いだしてしまった。

『もう、ぼくは、だめかもしれません。どうしたらいいのか、ほんとうに、わかりません』

灰汁島は豊富な語彙でたたみかけるような文体とキャラクターの饒舌さが売りの作家で、ふだんのメールもそれなりに長文だった。

だというのに、このところ送られてくるメールは、まるで子どものように言葉も拙《つたな》く、だからこそ彼の陥った混迷の深さと傷が感じられてしかたなかった。

「なんか……ほっといたらよくない、気がする」

「それはおまえのカンか？」

こくりと未紘がうなずくと、ふん、と鼻を鳴らした照映が煙草をもみ消す。

「訊くが、そいつはもともと弱音吐くタイプだったのか？　リアルのほうで」

コレはさておき、と照映はスマホを軽くはじいてみせる。

「話聞いた感じじゃ、キャラ作ってたんだろ、ＳＮＳでは。実際はどうだったんだ」

「えと……繊細だけどわりと我慢強いし責任感強い。どっちかっていうと、迷惑かけないように早め早めにって〆切も守るほうだった」

「それが〆切ぶっちぎったあげく、洒落《しゃれ》にならんネガティブ発言が急増か」

新しい煙草に火をつけながら、照映は鬚のある顎をざらりと撫で、煙に片目を眇めてみせる。下手な男がやれば不潔感のありそうなスタイルや荒い仕種《しぐさ》も、野性味溢《あふ》れる精悍《せいかん》な顔だちのおかげで、苦み走った色気に変わる。

「ただ、それまで弱キャラのふりした、したたかな優等生だったたっつーんなら、折れた理由がなにかしらあるとは思うがな。そこ、わからねえの？」

「理由……」

「だいたい優等生タイプってのは、じりじり溜《た》めこんである日キレるのが定石だが、きっかけは絶対にあるはずだろ」

もっともな問いかけに、未紘は一瞬黙りこむ。どこまでを話すべきか。迷った目を読みとる聡《さと》い男は「話せる範囲でいい」と静かにつけくわえてくれた。

「ぜんぶは言えねえだろ、仕事のことだ」

迷ったあげく「ありがとう」と未紘はうなずき、深く息をついて口を開いた。

「思い当たる要因は……文芸作品にチャレンジしたこと、かな」

若手といっても、もうデビューして十年近くが経つ。デビュー以来続けてきたラノベのシリーズが完結したのをきっかけに、新しいものにチャレンジしたいと、他社ではあったが文芸編集部から何作かを発表していた。

「ただ、それが……ラノベほどには受けがよくなくて」

「売れなかったと。けど、しかたないんじゃねえのか？　畑違いになれば、そっちでの知名度もねえだろ？」

「いや、最近はわりと、ジャンルを掛け持ちする作家も多いし、めずらしい話じゃないから」

別のジャンルに作家がチャレンジする理由は、ひとそれぞれだ。単純に作風の幅を広げたい場合もあれば、いままでのジャンルでは仕事がなくなり、再起をかけていることもある。

灰汁島の場合は――自作で人気の『強キャラ小説』とは違う、静かな物語を書いてみたいという、本人の希望が大きなものだった。

「穏やかで、いい話だったと思う。ただ、どうしてもその手の話って地味だから、数字が出なくて……」

書いている本人が当時、メンタル的に揺らいでいたのもあったのだろう。外連味たっぷりのライトノベルとは違い、繊細に波立つ心の機微だけを描いた日常的な話は、数字的にも世間の評判的にも、どうにも目立つことはないままだった。

「でも、おれとかは、爆発的に売れる作品だけがいい話ってわけではないし、ゆっくり読まれていけばいいいんじゃ、って思ったんだけど」

「――本人がいちばん、それを納得しなかったんだろ」

未紘の言葉を拾うようにして発言した照映は、皮肉な顔で嗤《わら》っていた。

「わかる？」

「そりゃおまえ。芸術の道じゃどうにもならんから、金になるもん作る方向にシフトした男だぞ、おれは」

おどけて言う照映に「またそういうこと言う」と未紘は睨んでみせる。

「そげん言うても、照映さんの作る作品はちゃんと、芸術でしょうが」

「……おまえ、こういうときだけ訛《なま》るってなあ、あざといぞ」

「わざとじゃないです」

もうほとんどネタにしていると知っているけれど、彼の根幹をなした挫折《ざせつ》と疵《きず》を、そんなふうに言ってほしくない。むすっとした未紘に「気にしてねえんだがな」と照映は笑う。

「まあ、だから、わかるんだよ。たぶんそいつは……書きたい静かな話があるのとはべつに、自分が『売れるものを作る』ことにも、プライドとかポリシーがあったんだろう」

それを枉《ま》げてでも挑戦したかったものがあって、けれどやはり、派手やかなものほどの数字の伸びはなく、特に注目されることもなく。

「これは本当に正しかったのかって迷って、そんな自分に腹立てて、持って行き場がなくなったってとこじゃねえのか」

「……なんで、わかるの」

それは、ほとんど灰汁島が嘆いた言葉と同じものだった。むろんいまの照映のように筋道を立てて言ったわけではなく、ツイッターで、メールで、本の後書きで――あるいは彼の作品に滲《にじ》んだもので、未紘が総合的に受けとった『かなしみ』そのものだった。

(そんなの、こんなちょっとの話ですぐ理解して、それって)

けっきょくは、照映が同じ絶望を嚙んだ人間だということだ。そして彼は、それを誰にも言わず、嘆くこともないまま仕事にのみ打ちこんで昇華して、大きな大きな男になって、いま未紘のまえにいる。

「もうちょっと歳食えば、いい意味で諦めもつくし、楽になるんだがなあ」

ほろ苦く笑う照映に、未紘はどうしようもなく切なくなった。だが、そうして前向きの諦めを経たからこそ、この男はいまの彼になったのだということも、痛いほど知っている。

じっと見つめる未紘の視線に気づいて、照映は静かに笑ってみせた。そしてふと、真顔になってつぶやく。

「ただ……」

「うん？」

「色々思い悩んでた理由はなんにせよ、端から違和を感じるくらい、いままでにない行動を取るってことは、なにかきっかけがあるとは思うんだがな。……思い当たることはねえのか？」

問われて、未紘はかぶりを振るほかになかった。実際のところひとつだけ「もしや」と思うものがなくはないが、確証はない。なにより部外者の照映に、そこまで言っていいものか判断がつかない。

言える範囲の言葉を、未紘はゆっくりと選んだ。

「灰汁島さん、だいぶ人間不信というか編集不信なきらいがあって……事務的なことは話してくれるし、それなりに朗らかだけど、おれにはまだ腹を割るほどの話はしてくれなかったから」

皮肉なことに、できあがってくる原稿は問題なく、最近まではメ切もそれなりに守るタイプであったため、踏みこんだ話をする機会自体がなかったようなものだ。そう告げると「そういうとこも優等生の完璧主義タイプだったのかもな」と照映はつぶやいた。

「作れなくなってしんどくなって、おかしくなるって気持ちはまあ、わからんでもないが……あとはなんともな」

乗り越えられるかどうかは、あくまで個人差がある。そして他人から見れば「その程度のことで」と驚かれるような出来事ですら、ひとは心を壊すものだ。

ましてや作家という人種は、想像力が豊かなだけに思いつめやすい側面があるのは、この仕事についてからいやと言うほど学んだ。

「まあ、もうちょい見守ってやるしかねえってことか」

「……うん、たぶん」

できれば、灰汁島も目のまえの彼のように、したたかに挫折を乗り越えてほしいと思う。けれどこればかりは、本人が為《な》すべきことで、未紘には手助けしかできない。

「最終的に本人が納得しないと、どうしようもねえんだよ、こればっかは」

「……わかってる」

いくら「作品はよかった、それと数字はまた別の話だ」と話しても、言葉は届いた感覚がなく、灰汁島は徐々に荒れていってしまった。

担当になってそう長くはないが、直接話した際の印象もギャップがあって面白かった。いかにもオタク然とした作風やツイッターでの印象と違い、灰汁島のルックスは、長身で爽やか好青年ふうの、けっこうなイケメンのため、ギャップがすごいのだ。サイン会などで一部には顔も割れていて、ひそかな女性ファンも多かった。

モテそうですね！　と言えば真っ赤になって両手を振って「そんなことないですモテない

です」と慌てる姿がずいぶん可愛らしく、いいひとだと感じた。ヒット作も一緒に作れたし、短くとも濃い交流で、楽しい思い出がたくさんある。

「直接話すと、えらくシャイなひとで、でも真面目で……頑張ってて、小説に対してすごく、真摯《しんし》なひとで……」

だからこそ思いつめてしまったのもわかるだけに、どうすればいいかわからない。無力感を噛みしめて、ただはらはらするしかできないいまが、未紘にはひどくつらい。

「歯がゆいなあ……」

「そう思ってくれるヤツがいるだけ、ありがてえんだって、そいつがいつか気づくといいな」

思わずこぼれた言葉を拾いあげた照映は、やさしく笑って、「がんばれ」と静かに言った。

未紘はうなずく。じんわりきた目元については、見ないふりでいてもらおう。

「あとはまあ……優等生だったぶん、パニクってる可能性もあるとは思うがな。愚痴が下手なヤツってのはいるから」

煙草をふかしてつぶやいた照映の言葉が摑みきれず、「それって、どういう?」と未紘は首をかしげた。

「ある種の完璧主義みたいなもんか。きちんとしてない自分に価値はない、って考えるタイプが厄介なんだ。平気じゃないのに平気なふりしちまって、けど限界がきてパンクする」

「あー……」

「むしろ自分の駄目さを自覚して、周囲に愚痴言って泣き言垂れて発散していくヤツの方が、うまいこと悩みとの距離を取れることもある」

わからなくもない。未紘も若いころには——などと言うと照映が鼻で笑うけれども——思いつめすぎて、それこそパンクしかかった経験は何度もある。

「ルーズなヤツの方が案外、自分のペースわかってたりするだろ」

「……〆切破りの常習犯の先生なら、たしかに」

中堅からベテランに多いのだが、最初に提示した〆切は、絶対に守らない。だが納期から逆算したギリギリの日程には、必ず滑りこませてくるので、どうにかなるタイプというのはいる。

「腹立つけど、そういうひとの原稿の完成度って、ギリになった方がよかったりする……」

「待つ身にとっちゃ地獄だな」

呵々《かか》大笑する照映をじっとり睨むが、未紘はそれでも、思う。

「けど、待つのも仕事のうち、ってのは新人のうちさんざん言われたし……まあ、やっぱり出来ませんでした、ってパターンもそりゃいっぱいあるけど、おれ個人は信じたい」

自分にも言い聞かせるように告げれば、「そうか」と照映は笑った。そして大きな手で、未紘の肩を軽く、ぽんぽんとたたいてくる。

「おまえは、待ってやりたいんだろ」

「……うん」

「どうすべきか、じゃなくて、待ちたいなら待ってやればいいんじゃねえの」

あたたかいそれに、ふっと余分なちからが抜けていく気がした。

「信じてやれ。ただし期待はすんな。おまえが、おまえのために、信じろ」

「うん。わかった」

ふっと薄く笑えば「よし」とまた頭を撫でられる。今度は髪をぐちゃぐちゃにするほど乱雑で、「やめて」と苦笑した未紘に、照映は「もう一杯いるか」とからの湯飲みを指さした。

「んー……ちょっとお酒飲みたいかなあ」

「アホか。胃をさすりながら言うことか」

にべもなく却下され、またもやほうじ茶をいれられた。夜中に水分の取りすぎではと思ったが、ぬるめのそれを口にすると、思うより飲めてしまう。

小首をかしげていると、「おまえ、ちょっと脱水起こしかけてたんじゃねえのか」と、また照映に顔をしかめられてしまった。

「え、もう夏じゃないのに」

「夏じゃなくても過労で水分とりそびれりゃ、脱水症状は起こるんだよ。それ飲んだらとにかく、部屋いって大人しく寝ろ」

「……んー」

未紘は両手に湯飲みを抱えたまま、うつむいた。たしかに疲れているし、眠いというより全身が重たい。たぶん照映の言うのが正しいのだろう。

けれど。

「なんだ、不満そうな声だして」

「いや、なんかせっかく、照映さんいるなあと思って」

「だからなんだよ」

「……一緒に寝たらだめかな」

なんとなく顔を見られずに告げると、照映からの返事がない。逆に恥ずかしくなり、意味もなく湯飲みを手のひらで挟んで転がしてしまう。

「いや、あの、なんか、変な意味じゃなく……」

「変な意味ってのは」

ひょいと湯飲みが取りあげられ、思わず顔をあげる。そこにあったのは、ひどくやさしい、けれど危険なものも含まれた目つきで笑みを浮かべる恋人の、精悍な顔だ。

「やらしい意味でいいわけか？」

「いやだからそういうんじゃなくてっ……」

こつんと額をぶつけられ、鼻先に、照映の吸う煙草の匂いが強く燻《かお》った。反射的に目をつぶる。そしてそんな自分の反応にいっそ、恥ずかしくなった。

(いや、つうか、いい歳してなにこの反応、おれ)

つきあって十年以上、初々しさのかけらなどあるわけもない。しかし正直そういうふれあいも、まあ完全に枯れたわけではないながら、お互い忙しさにかまけて相当にご無沙汰《ぶさた》だ。

(最後にキスしたの、いつだっけ……つか、こういうときどうすりゃいいんだっけ)

いつしか自然と口にしなくなっていた方言のように、かつては自然に出来ていたことが、ふとしたときにものすごく難しいと気づくことはままある。

しかし、恋人としての作法や空気の読み方も、まるでわからなくなっているのはものすごく、困る。静かに茹《ゆ》であがりながら固くなっていれば、ふっと気配が揺らぐ。

「あ、えっ……」

そして長い腕が未紘の頭を摑み、広い胸に引き寄せられて――しかし。

「ふ……っく、くく」

聞こえてきたのは、あきらかに押し殺した笑い声だ。

「ちょ、なん、なんで笑って」

「い、いやおまえ、その顔、ど、どんだけ緊張してんだよ」

「わ、悪かったですね!?」

未紘は全身から湯気を噴きそうだった。期待して肩すかしを食らったことも、それを見透かされていたことも、とてつもなく恥ずかしい。かーっと煮えるような頭を振ってもがくけれど、力強い腕はすこしも抱擁をゆるめてくれない。

「ちょっと照映さ……っ」

「ん」

挙げ句の果てに、もう離せと腕を振りあげたところで、不意打ちのキスが降ってきた。まるでがぶりと噛みつくようなそれに呆気《あっけ》にとられ、開いたままの口のなかには熱い舌がはいりこんでくる。

「む……っん、うっ、も、もうっ」

「こら、大人しくしろ」

じたばたと精一杯もがける範囲で手足をばたつかせるけれど、座ったままのポジションでうえから覆いかぶさられて、椅子の背ごと抱きしめるようにされてしまえば逃げ場がない。

「か、からかうなら、しないっ」

せめてもと、涙目で睨みつければ、思いのほかやさしい手に乱れた髪が撫でられて、疲労に鈍っていた心臓が跳ねる。

「……からかってねえだろ」

低くあまい声にそう告げられて、うう、と顔をしかめた。細めた目の奥には、いじわるな光はない。ずるい、と思いながら、ゆるりとうなじをさすられ、促されるままに目を閉じる。

ひさしぶりのキスは、長く、あまくゆるやかで、尖っていた神経をやんわりと舐《な》めとかさ

れていくような、そんな慈しみに溢れたものだった。

うっとりしているうちに、とろとろと瞼が重くなってくる。

「はは……気持ちいいのはいいけどな。風呂はいらなくていいのか？」

「う……はいりたい……」

一日外をかけずり回っていたようなものだ。さっぱりしたいと心は訴える。けれど照映の胸にもたれかかっているのが気持ちよすぎて、どうにもならない。

「しょうがねえな。そのまま摑まってろ」

「んー……」

ため息交じりにそんな声が聞こえた気がしたけれど、頭がろくにまわらない。ふわりと身体が浮いて、どこかに運ばれていく。

そのあと、やわらかいもののうえにおろされ、手をあげろだとか、足をあげろだとか指示されるままにのろのろと動き、湿ったあたたかいもので顔や手足を拭《ふ》かれて、気持ちがよくて、ふわふわする。

「ここまでグダグダになるっつーのは、さすがに……」

大きなあたたかいものに包まれ、ずぶずぶと眠りに沈みこむ未紘の頭上から聞こえたのは、すこしばかり苦い響きの声。

「無理は、すんなっつっても無駄か」

ため息交じりのそれに、ごめんねと返したかどうかはもう、わからなかった。

＊　＊　＊

何度鳴らしても応答がない電話にみぞおちをひやりとさせ、未紘は受話器をデスクの本体に戻した。ため息をつけば、思いのほか大きなものになってしまい、たまたまうしろを通りかかった同僚、同じ部署の野方《のがた》が「どうした早坂」と問いかけてきた。

「ん……灰汁島先生、電話に出てくれなくて」

「SNSは？　あの先生ツイ廃だから、そっちのが捕まるんじゃゃないの？」

「それが、ここ数日そうでもない……」

灰汁島の動向にさほど詳しくない彼へ、うなだれて告げる。首をかしげた彼がスマホをとりだし、灰汁島のツイッターを確認して「うわほんとだ」と声をあげた。

「灰汁島先生のタイムライン、一昨日《おととい》から動いてねえわ」

「入院したときでも絶対、日に何度かはツイートしてたくらいなのに……」

「……ちょっと耳に挟んだけど、わりとやばい？」

声をひそめて言う野方に「わからん」と未紘はかぶりを振った。しかめた顔を眺める彼は

「本が落ちるだけ、ならまだ、対処しようがあるけどなあ」とちいさくつぶやく。

「でも下手になんか言うのも怖いんだよな。……最後のスイッチ押す羽目になるのはやだし」

「ちょっと、そういうこと言うなよ」

「あ、悪い」

ごめんごめんと謝りつつ、気まずそうな顔で彼は去っていく。たしなめはしたけれど、未紘にしても実際、気にはしているのだ。

作家のみならず編集も、メンタルを崩す人間というのは非常に多い。そしてそういうひとたちが、本当に些細《ささい》な言葉で取り返しのつかない行動を取ってしまうことは、残念ながら未紘もいくつかの実例を知ってしまっている。

（メッセアプリの方に連絡……いやでもあんまりしつこいのも……？）

連絡をしなさすぎても「放置された、見捨てられた」と嘆かれるし、マメにしすぎれば今度は「信用されてない、しつこい」と鬱陶しがられる。世に言う面倒くさい恋愛関係よりも面倒くさいのが、編集と作家の関係かもしれないなあ、と思う。

（おれ、恋愛の相手があのひとでよかった、つくづく）

照映自身が忙しいひとなので、放置はお互い様。そして圧倒的に大人である彼のほうが、未紘に譲ってくれる場面も多々ある。

でなければ、ひさしぶりの共寝を誘っておいて寝オチした相手など、激怒されてもしかたない。まあセックスまではいかないにせよ、それなりに恋人同士のスキンシップくらいはと思っていたのに、相手の体温に安心して、秒で寝るとはどこの幼稚園児だ。

（アレは本当に、いたたまれなかった……）

職場のデスクにごつんと額をぶつけ、未紘は反省する。

しかも翌朝起きて謝ろうにも、未紘より朝の早い照映はすでにベッドにおらず、台所には書き置きと、あたためて食べろと書かれたパン粥《がゆ》ミルク味の作り置き。一から十まで行き届きすぎて、ただただ申し訳ないばかりだ。

そしてそれからすでに三日、またもや家に戻れていない。

未紘の仕事は灰汁島の専任というわけでもなくて、彼が捕まらないからと、いつまでもそればかり追いかけているわけにいかないのだ。手帳を取り出し、進行を確認。今日はこのあとに打ち合わせが一件、会議が一件、イラストレーターの〆切予定――おそらくまあ、押すだろうからメールをいれる。その他細かい段取りを頭のなかで組みつつ、机に積みあがっている書類たちを、急ぎのものとそうでないものに仕分けていく。

作業の合間に喉《のど》の渇きを覚え、自販機で買ってきたペットボトルの水を飲んだ。

「ん……」

喉を水分が滑り落ちていった感覚のあとに、しくり、とまた胃が痛んだ。このところ頻発している胃痛に、コーヒーや茶は控えているのだが、水でも痛むようになってきている。すこし迷ったあと、抽斗《ひきだし》をあけて市販の胃薬をとりだした。空腹時に服用とある、グリーンパッケージ。水と一緒に飲みこんだとたん鼻に抜ける粉薬の薬臭さが、逆に効能を感じさせてくれる。

早く効いてくれ、と胃をさすりながらふたたび書類に手を延べたところで、机のうえに置いておいたスマホが振動する。通知を見て目を瞠《みは》った。灰汁島からの着信だ。

「っはい、早坂です」

『あ……どうも……あの、忙しかったですか……』

「いえだいじょぶです！　ちょっと書類に埋もれてて、あはは」

大慌てで急《せ》くように出たため、声にもそれが現れたらしかった。ボソボソとした声のトーンがふだんの彼に比べてもオクターブは低く感じられ、未紘は内心「うわあ」と思う。

『なんか、連絡……頂いてたのに、返事、できなくて、すみません』

ひとことしゃべるたびに、灰汁島はため息をついている。息切れのようにも思えるそれが彼のメンタリティを物語っているようで、未紘の胸も苦しくなった。

「いえ、こうしてお電話くださって嬉しいですよ。ありがとうございます。体調とか、いかがですか」

『……』

うわずった呼吸音だけが聞こえ、未紘は緊張した。ツイッターでの不安定な発言を見ていたときとはまた違う緊張感だ。電話越し、相手のもろさが『聞こえてくる』この感覚は、どう表せばいいのかわからない。

「……灰汁島さん？」

『あの……原稿、すみません。まだ……見えなくて』

それはもう、わかっていたことだった。すでに灰汁島の刊行予定はずらす方向で動いている。元からの〆切を大幅に超過しており、本来の発行日にはどうあっても間に合う状態ではないまま、本人と連絡がつかなくなっていたからだ。すでに上長にも話を通してあり、このあとの会議で正式に延期を決める段取りになっている。

「そちらについては調整は効きますので、大丈夫ですよ」

『……間に合いませんよね、すみません。本当に、申し訳ない』

灰汁島も新人ではないため、刊行までのスケジュールはおおよそ把握している。自分が連絡してきた日程がどういう状態であるのかも、当然わかっていて、だからこうも震えた声なのだ。

本当は、本人の気が済むまでゆっくり書いてくれと言いたい部分もある。だが未紘の仕事は、それでは成り立たない。

「えっと……いつぐらいなら、行けそうですかね？」

体調を問うたときよりさらに長い沈黙があった。おそらく答えられないのだろう。それもわかる。わかるが、会議のまえにせめて、一応の目処《めど》はこう、という言葉だけでももらっておかねば、正式な延期を決めるにも説得ができない。

『ら、来週……くらいには』

「……なるほど」

聞きながら、無理だろうなと感じた。いままでの灰汁島も〆切を延ばしてほしい際に、似たような発言をしてきたが、もうすこし明確に「いまの進行がこれくらいだから、このくらい欲しい」と日程を要求してきていた。

「では来週、またご連絡させていただきます」

『あの……すみません、はい』

苦痛に満ちた声を聞く。しくしくと未紘の胃も痛む。なにをどう言えばいいだろうか。

楽にしていいですよと言っても、頑張ってくださいと言っても、どちらも正解じゃない気がしてならない。ひりつくような緊張感に喉が渇き、反射でごくりと嚥下《えんか》した。

「灰汁島さん」

『……はい』

そういえば彼を担当したばかりのころも、こんなふうに硬い声をしていたな、と思いだす。

先生、と呼ばれるのが苦手だから、さんづけくらいにしてください、と言われたのは、前任者から引き継いで二度目の仕事の時だっただろうか。だいぶ打ち解けてくれて、すこし気の抜けた顔で笑いながら告げられたそれは、もっとずっとやわらかな声だった。

凍りついて、縮こまって怯《おび》えた、こんなさみしいものじゃない声を、出せるひとなのだ。作品だってそうで、伸び伸びと書けば充分に面白くて——なのに自縄自縛の壁でもがくしか、いまはできなくなっている。

「あの、ええと、……大丈夫ですから」

考えるよりさきに、未紘はそんなことを口走っていた。言ったあとに、ばかか、と思う。なにがどう大丈夫だというのか。焦るような気持ちで、さらに考えられないまま言葉が滑り出す。

「おれは、灰汁島さんは大丈夫だと思ってますから」

電話の向こうで息を呑んだような音が聞こえた。そして、ざわつく胸をこらえる未紘の手は、スマホを握ったままじわりと汗ばんでいく。

『……すみません、ほんとに。ご迷惑をかけてるだけじゃなくて、気を遣わせて』

すうっと胃が縮んだ。ああ、届いていない。そんなふうに感じて、どうしよう、どうすればと思う間に『あらためて連絡します』というちいさな声が聞こえたあと、なにを言う間もなく通話が切れた。

「っあ～～～……」

失敗した、滑った。じくじくと胃が痛い。いや大丈夫ってなんだよと、頭を抱えて地団駄を踏みたくなる。というか気づけば、実際そのとおりで机のしたで足を踏みならしていた。

「は、早坂、大丈夫か……？」

「だいじょばないかもしれない……」

用事を済ませてきたらしい野方がデスクに戻りがてら、奇行に耽《ふけ》る未紘へと声をかけてくる。しばし机に突っ伏したのちに、盛大なため息をついて顔をあげた。そしておもむろにPCへ向かうと、猛スピードでメールを打ちはじめる。

「な、なにしてんの」

「灰汁島先生の件、仲井《なかい》さんに報告……連絡来たら即言えって言われてたから」

「げっ仲井局長⁉　おまえ、なんでそんなひとに直《じか》に言われてん……あ、そうか神堂先生」

「うん、そっちの新刊の件とかもあったし……」

まだ学生だった神堂風威を見いだし作家デビューさせたという仲井貴宏《たかひろ》局長は、すでに文芸部門編集局自体の局長となっている。未紘にとっては上司の上司、くらいの存在であるのだが、彼が神堂の保護者的立場であるのはこの会社では有名な話だ。

業務に関しての報告は、本来ならば当然直属の上司に伝えてそこから上にあげるのが鉄則。しかし神堂についてだけは、『仲井マター』でかまわないという話を取りつけてある。

そして灰汁島に関しても、同じ扱いでいいという話になっていた。

「じつは灰汁島さんに文芸やらせてみたらって、最初に言ったの仲井局長なんだ。デビューしてすぐの、二冊目くらいのころにはもう、ラノベの当時の担当に話してたって」

「マジ？」

「マジ。なんだかんだで、文芸デビューはよそが先になったんだけど……だから今回の件もすごい、気にしてた」

「なんだかんだって、なんかあったの？　白鳳《うち》でデビューだったろ灰汁島さん。おれは当時は他社にいたけど、あのころから人気もあったし……あ」

言いかけた野方ははっとしたように口をつぐんだ。未紘はうなずき「人気あったから、だよ」と告げる。

社内のトラブルにも関連するため照映にははっきり言えなかったが、灰汁島が不調になった原因は、単に文芸作品があてられなかったというだけでなく、かつての編集との揉めごとにも起因するのだろうと未紘は感じていた。

「もういま辞めちゃったけど、当時のラノベ担当者が、絶対に他部署の仕事させないって連絡握りつぶして、文芸から引きがあるって話も当然シャットアウト」

「うわー……気持ちはわからんじゃないが」

野方が呻《うめ》いたとおり、自分の担当する作家を他の編集に譲りたくない、という感覚は、同じ職業の人間なら誰しも共感するところはあるだろう。未紘にしてもわからなくはない。ことに新人のころから手がけた作家ともなれば、二人三脚で走ってきた同志のような感覚が芽生え、単なる仕事相手という以上の情が湧《わ》くこともある。

むろん、ヒット作が出れば自身の成績として見られる——といった計算も働くだろう。だからこそ、社内で別部署の作家に声をかける際にはそれなりに筋を通したり、根回しも必要になる。それをせずにいきなり作家に渡りをつけるのは、越権行為だとして部署同士の揉めごとにも繫《つな》がりかねない。

だが——作家本人がやりたいと言っていたものを、そのチャンスを、編集のエゴで潰《つぶ》していいわけでは、まったくない。

「なるほどな。灰汁島さん自身がやりたがってたのに、なんだかんだで話ごまかしてるうちに、まんまと他社から引きが来たって感じか」

ごたついていた当時は他社で編集をしていた野方は「いきなり他ジャンルの他社デビューだったから、なんかあったのかとは思ってたんだよなあ」とちいさくつぶやいた。「お察しのとおり」と未紘も苦い顔をする。

「で、よそで書くならなんでうちでやらせないんだよって仲井さんが上長に確認して、結果、握りつぶしの件が灰汁島さんにバレた」

「あああ……それで前任が飛んで、早坂案件になったわけね」

めっちゃ理解した、とうなずいた野方は、さらに苦い顔をする。

「いまどき作家の囲い込みなんか無理なんだよなあ……とくに灰汁島さんみたいにツイッターだなんだ使ってりゃあ、アクセスは容易だし」

「実際そっちのＤＭで、よその依頼来て引き受けたそうだから」

新人賞などを取ってデビューした場合、賞金が出る代わりに数年の間は他社で仕事をしないという、事実上の専属契約を結ぶこともある。だがそもそも灰汁島はＷＥＢサイトへ投稿していた作品に目をとめられた、いわゆるスカウトデビューのため、賞金なども当然受けとっておらず、縛られる筋合いはない。

前任の担当者へは「拾ってくれた恩がある」と思っていたようだけれど、それも例の文芸デビュー妨害の一件でご破算だった。

（長いこと信じてやってきた相手が、まさか自分の可能性握りつぶしてた……とか）

それを知った瞬間の絶望はどれほどだろう。未紘に担当を変わってからも、基本的に灰汁島の心が閉じたままだというのはずっと感じている。

それでも、責任感とプロ意識の高い作家だから、どうにか頑張ってはいるが、作品も精彩を欠き、ネットでの言動も危うい。電話で話しているときにも不安定さが透けて見えて、ひやりとすることが多い。

支えきれるかと問われれば、正直いって自信はない。それでも――。

「つぶしたく、ないんだ。灰汁島さん、いい作家だから。伸ばしてやりたい」

ぽつりとつぶやいた未紘に、同僚はちいさく息を呑んだ。

「まあその、頑張れ。……無理すんなよ早坂」

「ありがと」

そうして彼は、当たり障りのないことを言って去っていく。実際、それしか言葉はないだろうと、他人事のように未紘は思う。

灰汁島本人の自己評価はさておき、彼はライトノベルにおいては手堅い数字をたたきだす中堅だ。その作家の新刊発行が危ういばかりか、本人まで壊れかけとなれば、責任ののしかかる担当編集にかける言葉など——少なくとも未紘には、見つからない。

（まあ、その担当編集が、おれだって事実がもう、なんとも）

なぜ灰汁島の件も『仲井マター』に含めたのかと、未紘も直接、仲井に尋ねたことはある。返ってきた言葉は、納得するようなしないような、ふわっとしたものだった。

——裕《ゆたか》……神堂先生が、『早坂さんはやさしくて安心する』って言ってたからねえ。

裕、というのが神堂風威の本名というのは当然知っている。仲井はほぼ家族のようなつきあいがあるそうなので、おそらくそこで、直属の部下でもない未紘のひととなりを『信頼できる』と評したのだろう。

それはそれで、嬉しくもあるが胃が痛い。仲井が見たのは未紘自身ではなく神堂の言葉だ。任された案件に対する結果は、これから出さねばならない。

腹をさすって、目をつぶる。呼吸を深く、吸って、吐く。そしてあの工房で、照映と久遠の背中を見て学んだことを、頭のなかで言葉にして、自分に言い聞かせる。

（テンパるな、不安になるな。できることに備えて、優先順位を早く決めて動く）

もちろん、未紘にしても、仕事が予定どおりに行かないことへの焦りや苛立《いらだ》ちといったものがないわけがない。だが人間を相手にしている以上、こういうこともあるのだ。

信じて待つのが、いまの未紘にできる最大の仕事だ。

——どうすべきか、じゃなくて、待ちたいなら待ってやればいいんじゃねえの。

照映の声を思いだし、未紘はひとり、うなずいてみせる。そして痛む胃をさすりながら、未紘は報告の文面を書き上げるべく、指の動きを速めた。

＊　＊　＊

それから、神堂の新刊については、着実な進行をした。もともと原稿はほぼ完成しており、あとは著者自身の改稿と校正のみであったため、粛々と作業は進んでいく。

デザイナーもこだわっただけあって、慈英の絵を活かした表紙カバーのデザインに、中身の造本や字組、本文用紙選びも、未紘の意見も取り入れつつ決定していき、着地点が見えてきた。

だがその間も、灰汁島の原稿はあがる様子をすこしも見せず、ツイッターでつぶやく頻度も落ち、顔を出したと思えば相変わらずのマイナス発言だ。

【あのひとは敵じゃない。そんなことわかってるのに】

「……いよいよ灰汁島先生やばくない？　お気持ちポエム、進行してんじゃん」

「お気持ち、て……」

悪気はないとはわかっているけれど、野方の言葉にすこしだけ未紘は引っかかりを覚えた。だがここで感情を波だてるのは無意味なことだと、深く息を吸って吐きだす。

「まあ、でも、ツイートしてるうちはまだ大丈夫かなと思うんで」

「あー、ね……この手のタイプは引っこんだら最後だからな……無言になる方が怖いか」

心配だな、と眉を寄せる、その表情に嘘はない。彼は言葉がすこし軽いだけで、基本的に悪気はないのだ。

（おれも、ささくれてるな）

表層に惑わされないようにしないといけない。ちいさなことで感情を波立たせるのは疲労している証拠だ。

「とにかく、気をつけていくよ」

「ほかの業務もあるんだから、あんまり思いつめんなよ」

「ありがとう。そっちもな」

これから打ち合わせに出るという野方を見あげ、未紘は深く息をつき、胃をさすった。じっと見つめてくる彼に気づき「なに？」と顔をあげる。

「早坂さあ、もうずっとそれやってるの、自分で気づいてるか」

「それ？」

「胃。あと、おまえの机に置いてある胃薬の瓶《びん》、どんどんでかくなってってんだけど」

野方がちらりと視線を流したのは、デスク上の書類ラックとパソコンモニタに挟まれた位置の、胃薬の瓶だ。

「あ……お徳用、抽斗にはいるサイズじゃなくて。邪魔かな」

「いやフィギュア飾ってるヤツだっているし、それはない。むしろおまえの机はかなり整理ついてるほう。……じゃなくて、そんだけのでかい瓶なのにもう中身半分なのがやばいっつってんの。健康診断、来週だぞ？」

言われて「あ」と未紘は目をしばたたかせる。やれやれと野方は額を押さえた。

「おま……忘れんなよ。いまのままだと絶対なんか引っかかるぞ」

「再検査くるかな。時間取られるし、やなんだよな」

「時間より身体の心配しろや。顔色もひでえから」

あきれたように言った野方は、今度こそ時間だと去っていった。そんなにひどいかな、と顔をさすってみれば、たしかにざらっとした感触がある。髭の剃《そ》り残しだとかカミソリ負けではない。未紘は結局、アラサーになっても髭の薄い体質で、女性が産毛を剃るより低い頻度でしか顔をあたることはない。

「これ、やばいか？」

暢気《のんき》なつぶやきを聞きとがめるものはこの場になく、目のまえには積みあがった仕事と、相変わらず不穏な灰汁島のつぶやきを表示したツイッターの画面。ひとまずはできる作業に集中しようと、ブラウザアプリを消した。

＊　＊　＊

しばらく経った休日の昼、ひさしぶりに週末のオフを確約された未紘が十時間以上の惰眠を貪《むさぼ》り、パンが焼けるいい匂いに釣られて目覚めたあとで待っていたのは、エプロン姿でダイニングで仁王立ちする照映の苦い顔だ。

「未紘、こりゃなんだ」

「あ」

おおきなその手には、『再検査』の文字がなかなかに目立つ病院からの通達書がひらひらとつままれている。

「あー……昨日届いたから、うっかり出しっ放しに……ごめん」

「書類を片づけてなかったことを咎《とが》めてるわけじゃねえよ。わかってんのにごまかすな」

えへ、と眉を寄せて手をあわせてみるが、もちろん矛先をゆるめる照映ではない。しばし無言の攻防戦が続くけれど、じっと未紘の顔を見つめた照映は「はーっ」とわざとらしいため息をついて顎をしゃくった。

「まあいい、先に食え。話はそのあと」

「ハイ……」

座れと言われて、顔だけは洗ってきたもののいまだパジャマのまま席に着く。そのままいいタイミングで、トーストされたホテルブレッドにコーンクリームスープ、スクランブルエッグとプチトマトの入ったグリーンサラダの盛りつけもうつくしい。

美的感覚については言うまでもない照映が本気を出すと、まるでホテルビュッフェのような皿ができあがる。シンプルだが豪華なブランチに、思わず目がまるくなる。

「めちゃめちゃ美味しそう！」

「美味しそう、じゃなくてうまいんだよ。ほら」

手ずからカトラリーまで渡されて、こんな贅沢《ぜいたく》をしていいのかと思いつつ、ありがたく「いただきます」をする。牛乳たっぷりの、とろみのあるコーンクリームスープに口をつけると、あまくやわらかい味が食道から胃に染み渡るようだ。

「美味しい」

ほっと顔をほころばせながら、サラダをつつく。その合間に照映は、あたためたミルクたっぷりのカフェオレ――というよりほぼ牛乳の『コーヒー牛乳』をボウルでサーブしてくれる。

「……どしたん、照映さん。このサービスぶりは」

照映の料理上手は知っているけれど、ふだんの休日でここまで丁寧に食事を供されたりしない。ありがたいけれど、なにかあったのだろうか。未紘はトーストをかじりながら首をかしげた。しみしみのバターが美味しい。

（これエシレバター使ったな）

さらっと贅沢をさせられているのを噛みしめていると、エプロンを外しながら照映も席につく。未紘の皿はきれいに盛りつけたくせに、自分の分は意外と雑なのも彼らしい。音を立ててトーストにかじりつきながら、照映は言った。

「どうしたもこうしたも。昨夜寝てるおまえの顔とソレ見て、まず食わせないと話にならんと思ったんだよ」

「うっ」

やはりひどい顔色だったらしい。頬をさすると「その顔は自覚ありか」と親指で眉間をこすっていた。その仕種が出るということは、けっこう本気で我慢させていたらしいと気づき、未紘は肩を落とす。

「……ごめんなさい。心配かけて」

「あほ。おまえが謝るとこじゃねえんだよ」

しょんぼりとなった未紘の頭を、照映はわざと痛むように摑んで揺さぶってきた。

「あわ、わ」

「勝手に心配してただけだ。……けど、コレについてはあとで説明してもらうからな。口を出しすぎてもうざいだろうと黙ってたが、さすがに見過ごすわけにいかん」

ハイ、と神妙にしつつトーストをかじる。照映はどうやら封筒に押された再検査のハンコだけで、中身を勝手に見ることはしなかったらしい。そういうところがありがたいと思いつつ、中身がバレたらこの朝食はなかっただろうと、未紘は慌ててトーストを飲みこんだ。

（絶対重湯とか食べさせられる……）

スープにカフェオレに、牛乳たっぷりなのはこちらの胃を気遣ってくれた証拠だろう。あの封筒の中身について、記憶を掘り起こした未紘は、どう言い抜けようかと思案する。

じつのところ、すでに再検査は終了しており、その結果を通達されたのが昨日のことだったなどと言えば、さらなる雷が落ちるにちがいないのだ。

まして、検査結果が惨憺《さんたん》たるものであったなどと言ったなら、彼の眉間がどうなることか。

——あなたこれ、もうすぐ孔あくよ？

いまの照映以上に深い眉間のしわを刻んだ、担当医の声を思いだし、未紘はちいさく身震いをした。

診察室のなかは清潔で、近代的で、そしてひんやりとした空気が漂っていた。目のまえには、先日の健康診断のときに問診を受けたのと同じ医者が、眼鏡の奥から鋭いまなざしで未紘を見据えている。

「潰瘍《かいよう》できては治って、慢性化してる痕跡がある。ひとことで言うとね、ひどいです」

顔だちだけは柔和そうな若い医者だが、舌鋒《ぜっぽう》も視線に同じく鋭い。未紘はおずおずと顎を引いたまま問いかける。

「ピロリ菌の除去でどうにか、とか……」

「それは菌が原因の場合でしょう。検査したけど出てこなかったってことは、生活の乱れと過労、ストレスが原因。ろくに寝ないし食べる時間も滅茶苦茶。身体壊してあたりまえ」

医者というのは健康を守るのが仕事だ。ゆえに、無茶な生活をする患者に対しては言葉も態度もきつくなることが多い。注意を促すためとはわかっているが、つけつけと言う口調にうなだれるほかない。

「市販薬飲んでたのにって？　ほかになにか……ああ、風邪薬も併用してた？　最近のは効くだけに、成分強いんですよ。そりゃ胃も荒れるでしょう。自分で追いこんでどうするんです」

編集という職業はじつのところ、生活リズムがかなり不規則になりがちであるし、職業性のストレスも高い。未紘の会社では、ある種の危険業務従事者と同じ水準の健康チェックが必要とされていて、そこにまんまと引っかかってしまったわけなのだ。

反論の余地など、あるわけがない。

「お薬も出しますけど、今後血を吐きたくないならまず、生活ちゃんとしてください」

スミマセン。キヲツケマス。機械的にうなだれ、学校の先生に叱られているような気分を十数年ぶりに味わいつつ、ただひたすら神妙にしているほか、未紘にできることはなかった。


そうして診察室のなかで交わされた会話と検査結果を報告したところ、照映は目のまえで、医師以上のしかめっ面をさらしている。

「……あんまりきつく顔しかめると、眉間のしわ、戻らんよ？」

「誰のせいだ」

「あいた」

べちんと平手で頭をはたかれた。その一瞬、照映の顔があらかたを食べ終えた皿のうえに走ったのち、失敗した、と歪んだのを未紘は見逃さない。

「ご飯はちゃんと固形物食べていいって言われてるから。美味しかったです」

「心を読むんじゃねえよ」

「顔を読んだんです。照映さん、わりとわかりやすいよ?」

またたたかれる。いずれにしろたいして痛くはない。豪放磊落《ごうほうらいらく》な男でありつつ、繊細に気遣いをできるのが秀島照映なのだから。

「それで、治療は」

「お薬は出されました。いまのところそれ飲んで、あとは……規則正しくストレスのない生活を心がけ……」

「薬飲む以外、なんもできねえってことだろうが、それは」

ついに照映は頭を抱えてしまった。未紘は目をそらすしかない。

はあああ、と肺まで吐きだしそうなため息をついたあとに、照映は顔をあげた。

「極力でいいから、気をつけろ。なるべく残業はすんな」

「うん、まあでも、大物案件ひとつはもう、終わりになるから」

「……うん?」

「ちょっと待ってて。見せたいものがある」

言いおいて、未紘は自室へ一度引っこむ。戻ってくると同時に、摑んできた大ぶりなトートバッグから、大量の薬包とアジャストケースを同時に出した。

「おい、この袋はなんだよ」

「あ、それ三ヶ月分の胃薬。そんなにしょっちゅう外来これないって言ったら出してくれた」

一瞬で照映がまた苦い顔になるけれど「それよりこれ見て」と、アジャストケースからまるめた大判の紙を引っ張りだす。

心得ている照映が食事の皿を片づけ、ざっとテーブルを拭いてくれた。「ありがとう」と微笑んで広げてみせる。

「……こりゃあ」

照映がうなり、未紘は「ふふふ」と笑った。

大判の紙には、裁ち落としまえのトンボと色指標が端に印刷されている。そして慈英の迫力ある油彩と、それに馴染《なじ》む、だが溶け込みすぎないバランスの、可読性のあるロゴデザインは黒箔《くろはく》押しになっていて、和紙のような風合いの紙ともマッチしたものに仕上がっていた。

言うまでもない、神堂の最新刊の、カバー色校だ。

「いいな。……うん、いいデザインだ」

「やった。照映さんに言われたら間違いない」

嬉しくて小躍りしたい気分で微笑むと、未紘の小作りな頭がぽんぽんと撫でられた。

「タイトルにもあってるな。描きおろしたみたいにぴったりじゃねえの」

「そこは朱斗くんと慈英さんにもがっつり相談して、候補選んでもらったんで」

もともと神堂のホラーミステリーの世界観と、慈英の幻想的な絵の相性がいいこともあるのだろう。青みがかった荘厳な絵は、ものがなしくうつくしい、神堂の作風に馴染む。

「あとはもう、最終校確認すれば問題なく本が出る。広告関係とか特集記事なんかは、仲井局長の方で請け負ってくれてるから」

「そういや、えらいさんの秘蔵っ子なんだっけな、この先生」

だいぶ未紘に慣れてきてくれたが、もともとが強烈な恥ずかしがりだという神堂は、メディアに出る場合にはやはり、仲井やマネージャー氏のフォローが必須となる。そういう事情も絡み、新刊の本筋は未紘が担当するが、他メディア関連の告知やなにかは仲井に一任したままでいるのが神堂の希望だった。

「これで、すこしはおまえも肩の荷が降りるか」

「うん、なんだかんだ神堂先生の本て、でかいタイトルだから……」

出版不況も、もはやいちいち口に出さないレベルで慢性化したこのご時世で、ハードカバーの新刊を十万単位で初版発行できる神堂は、紛れもなく大ヒット作家のひとりだ。しかもゆっくりと長く継続して売れてくれる、ありがたい作家でもある。

「ほんとに、よかった」

色校をそっと撫でてため息をつくと、照映が背後から肩を抱き、頭を抱えてくる。頑張った、と言葉なくねぎらわれて、未紘は広い胸にもたれた。

「……ってことは、おまえの顔色がまだ悪いまんまなのは、あっちの案件が片づかないってことなんだな?」

静かな声で問われ、ごまかすこともできないまま未紘はちからなく笑った。

「やっぱ、わかっちゃうかあ」

「そりゃな。未紘がただ忙しいだけで胃を壊すほど、やわじゃねえのは知ってる」

むしろ小柄な体格のわりに、体力もあるし丈夫なほうだ。就職して十年強、いままでの健康診断で引っかかったこともろくになかった。むしろ照映のほうが見た目ほど丈夫ではないところもあって、ちいさな発熱程度の不調はよくあるタイプだ。

けれど彼は「そうやって小出しにしてっから、おれは保つんだ」と言う。

「むしろおまえみたいに体力に任せて突っ走るタイプの方が、限界知らないぶんだけやばい。無理だと思ったら……いや思うよりまえに、休め。『まだいける』なんて考えてるときにはもう、どっかにガタがきてるもんなんだ」

「……はァい」

頬を撫でられながらの言葉には含蓄《がんちく》があった。同時に釘を刺されているのだとも気づく。

本来ならもうこの再検査を食らった段階で、未紘はなにかを手放さないと無理な状態にあると、わからないわけではない。――ない、のだが。

「聞く気ねえだろ」

「……ソンナコトナイデスヨ」

「こっち見て返事しろ、おら！」

「あぎゃっ、痛い痛い！」

でかい手で頭を鷲《わし》づかみにされ、ぎちぎちと締めあげられた。荒いそれに悲鳴をあげつつも、内心では「ごめんね」と謝るしかない。

（いっぱい心配させてる、ごめんね。でも……もうちょい粘りたいんだ）

こうして笑う間にも、あの不安定な作家のことが頭を離れない。それもわかっていて、照映はあえて口を出さないままでいてくれる。

「ありがと照映さん。……おれ、頑張る」

「頑張るな、って話をしてたんだがなあ？」

ため息交じりにそう言って、頭ごと抱きしめてくる恋人の背に腕をまわしながら、ちいさな声で「ごめんね」と詫《わ》びるのが未紘の精一杯だった。

＊　＊　＊

いやな予感というのは、かなしいことによく当たる。その日は朝、起き抜け直後からどうも胃がざわついてしかたなく、背中も張りつめたように重たかった。

未紘はフレックス出勤のため、毎朝定時で家を出る照映の姿はすでにない。顔を洗ったのち足を運んだ台所のテーブルに『飯は食え』という書き置きと、小鍋に煮られたゆるめの卵粥《がゆ》があった。ついにお粥になったかと思いながらありがたくいただく。

それでも去らない緊張感に、身支度を調えながら首をかしげていれば、テーブルのうえのスマホが着信音を響かせる。とたんびくっと、未紘の身体に自分で驚くほどの震えが走った。

編集などをやっていれば、メールも電話も二十四時間はいり放題だというのに、どうしてかその着信はひどい胸騒ぎを連れてくる。ディスプレイには野方の名が表示され、いったい、と思いながら通話をオンにした。

「もしもし――」

『おはよう。早坂おまえツイッター見た⁉　灰汁島さんの』

いつもほがらかな野方らしからぬ低い声に、ひゅっと息を呑む。「ま、まだ」とわずかにどもれば、『いますぐ確認したほうがいい』と焦りの滲む口調で口早に告げられた。

『おれはすぐ切るから、あっちに電話してみたほうがいい』

切羽詰まったそれに「わかった」とうなずいて通話を切る。そのままツイッターアプリを起動し、灰汁島のホームに飛んで、未紘は血の気が引くのを感じた。

サービス開始と同時にツイッターをはじめていた灰汁島のツイート数は十万件を超えていたはずだ。それがすべて削除され、ぽつりとひとつだけ残っているのはこんな言葉だ。

――つかれました。いままでありがとうございました。消えたくなったので、方法を考えています。

一瞬で、ぞっとなった。慌てて確認すればフォロー数もゼロになっている。フォロワー数も数万人いたはずが、現在は数百人程度で、おそらくツールを使ってすべてを削除したあとに、気づいた読者やファンがフォローし直しているのだろう。

(やばいだろう、これは)

SNSツールにさほど依存しない人間であれば、気まぐれにアカウントを消したり放置したり、ツイートを削除するなどたいした話ではない。けれど灰汁島のように感情の外部装置として、生の声をこの場に綴ってきたタイプが、あの膨大なツイートを削除するとなると、なにかが起きたとしか思えなかった。

少なくとも『ツイ廃』などと揶揄《やゆ》されるレベルでツイッターに貼りついていた男の、平常心での行動であるわけがない。

(いったい、なにがあった?)

胃の奥が冷たい。冷えきった指先でどうにか住所録を起動させ、灰汁島に電話をかけるけれども当然のように、出る気配はない。

通話を切らないまま、未紘は自宅用のパソコンを起動し、ネットで灰汁島についての情報を検索する。すでに灰汁島のツイッターからは削除されていたが、スクリーンショットを撮って再掲しているまとめがすぐに見つかった。

──【衝撃】人気ラノベ作家・灰汁島さん、編集に恫喝《どうかつ》されていた⁉

編集、恫喝、という文言に心臓を握りつぶされたような気分になりながら、未紘は煽りの激しいまとめ記事に目を通す。まさか、自分がなにかいらぬことを言ってしまったのだろうか。そんな思いで、貼りつけられた灰汁島の発言をたどれば、そこには未紘の血の気が引くような事実が書かれていた。

——二度と声を聞きたくなかった某《なにがし》から三年ぶりの電話。番号変えてた。気づかなかった。なんで出てしまったんだろう。なんでぼくは、切らなかったんだろう。

——あいつはいまさら、どういうつもりで、原稿を書けなんて言ってきたんだろうか。五年もの間、ひとの仕事を握りつぶしておいて、売れないから書かせられないなんて言ってたくせに。

——嘘だった。ぜんぶぜんぶ嘘で、それでもぼくは本当に、わからなくて、言われるままにしたのに、裏切られて、みんながおまえを嫌ってるなんて言われて、罵られて。

——メチャクチャになって、やっといまの仕事で頑張ってきたのに、なんで『書かせてやる、嬉しいだろ』なんて、なんであいつに言われなくちゃいけなかったんだ。

——メール、何度も無視したし、迷惑フォルダにいれたし、DMもブロックした。引っ越しだってしてした。番号も変えたのになんで、連絡してくるんだ。

——そして、なんでぼくは、こんなに怖くて泣いてるんだ。なんでぼくが。なんで？

一連のツイートはすべて、投稿した直後に、いままでのログとともに削除されていたらしい。だがこのまとめ主に見つけられ、こうして残されてしまった。

痛々しい言葉に、未紘はめまいすら感じた。

――折れた理由がなにかしらあるとは思うがな。

「くそ、やっぱりこれかよ……っ」

照映の言葉を思いだし、未紘は歯がみした。あの時点で気づいていれば。いや、それもいまさらの話なのだ。

おそらく灰汁島の文芸デビューを握りつぶし、トラブルを起こしたとして会社を去ることになった前任の編集が、厚顔にも執拗に、声をかけてきたのだろうことは容易に察せられた。謝罪するどころか悪びれもせず、上から目線での依頼。無視しても、アドレスを変え、どうやってか引っ越し先や電話番号まで入手して、手段を問わずに追いまわして、癒えてない傷を拡げて怯えさせた。

（そんなのもう、ストーカーだろ）

相談してくれれば対処のしようもあったのに、と歯がみし、けっきょくはそこまで信頼関係を築けなかったのは自分だと、未紘は苦さを噛みしめる。だが打ちのめされている場合ではない。いままでいっさい語ろうとしなかった胸のうちや状況を暴露したあげく、すべてを消し去ろうとしているこれが、単なるネットのログだけの話ではないと思えたからだ。

灰汁島への電話をいったん切り、しばし悩んだのちに仲井の個人携帯宛にメッセージを送る。もとから相談していたこともあって返事は数秒で届き、端的な指示だけがあった。

【既に把握している。すぐ灰汁島先生の家に向かってくれ。状況は追って報告いれるように】

未紘の上司にも話はつけておくとのことで、了解の旨を返信し、未紘はすぐに家を出た。

＊　＊　＊

灰汁島に電話をしてもつながらず、念のため、彼のひとり暮らしをするマンションに行ってもみたが、やはり不在だった。居留守を使っているわけではないらしいことは、ドア横のガスや電気のメーターがいっさい動く気配もないことから察せられる。

「どこ行ったんだ……」

仕方なく、マンションから引き返すものの、うなじのうしろがひりひりするような焦燥感が募る。いったいどうしたものかと思いながらいると、胃に差しこむような痛みを感じた。

（う、やばい）

空腹とストレスで胃酸が濃くなっている気がする。薬を飲むにせよ、なにかとにかく胃にいれなくてはと判断し、未紘は道すがら目にはいった、すこし寂れた喫茶店へと足を向けた。

珈琲、と表記するのが似合いそうなレトロな店構え。店内には香ばしいコーヒーの香りが満ちていて、ほっとする。そして同時に、一度も訪れたことがないはずの店なのに、見たことがある気がして不思議だった。

「いらっしゃいませ。空いているお席へどうぞ」

「あ……はい」

ウッドカウンターの奥でたたずむ白髪の店主は雰囲気があるひとだった。いい店だなと思いながら、なんとなく角の席に陣取って、ようやく気づく。

（ここ、灰汁島さんがまえに、ツイッターにあげてた店だ）

近所の気にいり、とモーニングの写真をアップしていた。未紘は思わず顔をあげ「あの」と店主に声をかける。

「すみません、……モーニングを」

一瞬、灰汁島のことを尋ねようかと思い、だがなんと訊けばいいのかもわからず結局、ごまかしてしまった。

「かしこまりました。お飲み物は、ブレンドか、カフェオレから選べますが」

「あ、えっとカフェオレで」

胃をさする未紘に気づいたのだろう店主が、小首をかしげて「ホットミルクにもできますが……」と言ってくる。メニューにはないので、気遣ってくれたのだろう。

「いえ、ええとじゃあ、ミルクたっぷりのカフェオレにしてもらえますか」

「わかりました」

にこりと微笑む店主に、変なことを言わなくてよかったと思った。未紘は小説に出てくるような探偵ではないし、プライバシーを嗅《か》ぎまわる権利もない。ここで騒ぎ立てたら、灰汁島が戻ってきたとき居心地の悪い羽目になる。

(落ち着け、おれ)

焦りに浮き足だつようなおのれを叱咤《しった》していれば、「お待たせしました」とシンプルなモーニングセットが運ばれてくる。大ぶりのカップには、本当にミルクが多いと色でわかるカフェオレが満ち、溶けたバターの染みたきつね色のトーストにスクランブルエッグ、ポテトサラダとミニトマト。どれも美味しそうで、「いただきます」とちいさくつぶやき、カップの中身をすすった。

「……おいしい」

牛乳のまろやかさと、それに負けない香り高いコーヒーの味。どちらも上質なものをあわせたそれは、やさしく未紘の胃をなだめてくれた。ほっとしてサラダにも手をつける。ポテトサラダも自家製なのだろう、ごろりとした芋《いも》に刻んだピクルス、マヨネーズではなくビネガーと香辛料の味付けだったが素朴で美味《うま》い。トーストとスクランブルエッグは言わずもがな。あっという間に食べ終えてしまった。

「カフェオレ、おかわりはいかがですか」

「あ、いただきます」

手早く、食べ終えたモーニングを片づけられ、新しく、今度はボウルになみなみと、カフェオレを注がれる。「ごゆっくり」の言葉にうなずいて、未紘はすこしだけゆるんだ顔を引き締めた。

何度もリプライを送っては返答のないツイッターを眺める。無駄と知りつつ、もう一度、と画面をタップした。

――こちらご覧になっていたら、一度ご連絡ください。

文面を何度か変えてはいるが、大体似たような内容になっている。一応、会社の公式アカウントではなく相互フォローになっていた個人アカウントからではあるが、見る者が見れば担当編集だとわかるかもしれない。

(ふだんなら絶対やらんけど)

メールにメッセージアプリ、クローズドの連絡手段は全滅。残るはツイッターのみだが灰汁島のDMは拒否状態なので、表に出ないように連絡を取る方法がもう、なかった。

あとで炎上するかもしれないけれど、正直いまはなりふりかまってはいられないと未紘が思うのは、根拠のない不安というわけではない。

途中で、野方からメッセージアプリを通じてあのまとめについての更新があったことが教えられた。裏アカウントに書かれていた話を、名前は出さない条件でログ出しすることの許可をもらったという追加情報が載っていたそうだ。


——灰汁島先生の件、×社に転職した××のことだね。私にも同じようなこと言ってきた。

——会社側と作家側にバラバラのこと言って嘘つくとか、よくやるやつ。

——オレも受けてもいない仕事受けたことにされて、〆切破り作家の烙印《らくいん》押されたなあ。


裏アカということで、アカウントと実名部分はモザイクになってのスクリーンショット掲載だったが、かなり生々しい情報が寄せられていたそうだ。恨み節も多かったが、話をまとめると『あいつならやりかねん』との結論だったそうだ。

【結局、あのログにあったとおり、おまえの前任者が他社に就職するのに『元灰汁島担当』ってのを売り文句にしてたらしい。で、それが間の悪いことに、直近で依頼を受けてた文芸雑誌のほうで、ふた開けたらそいつが担当になってて、パニクったんじゃねえかって】

一部には、灰汁島と仲よくしている者だという前置きのリークもあり、かなりまえから嫌がって悩んでいたことが書かれていた。

【最終的にはそこの仕事も蹴ったけど、もうどこで引き受けてもあいつがいるんじゃないか、本当は裏で糸引いてるんじゃないかって、疑心暗鬼になってたって】

未紘がその立場だったらと思うと、ぞっとするなんて話ではない。新天地で頑張ろうとした矢先で、敵とも言うべき相手に手ぐすね引かれていたのだと知ったら、絶望するしかない。

【だったら相談してほしかったと思うけど……まあ、灰汁島さんの立場になれば、難しいな】

野方の言葉に、未紘は唇を噛むしかない。当然だろう。編集に信頼関係を壊されかけて、それを引き継いだ後任に言うとなれば、よほど信用できる相手であるか、もしくはやぶれかぶれで爆発して苦情を言うくらいの勢いがなければ無理だ。

灰汁島は基本的に我慢してしまうタイプだったし、未紘とは結局そこまで、踏みこんだ関係性を築けていなかった。そういうことだ。

(甘えすぎた)

優等生、と照映は彼を称していた。実際そのとおりで、灰汁島は手のかからない作家だった。ツイッターで毒づいたりはしていても、炎上騒ぎに発展することもなく、本もコンスタントに出して、売上げも立てる。感情的に絡んでくることも、少なくとも未紘についてはほとんどなかった。

そのはけ口だったのが、おそらく彼にとってはツイッターだった。それすら消して本当にいったい、どこに行くつもりなんだろうか。

(いや、いまそんなこと考えてても意味はない)

ひとまず会社に戻って、それから——と段取りをつけようとした未紘の、無意識に握りしめていたスマホへ、通知の振動が届いた。

【灰汁島さんの最近のツイート】

ポップアップの文字に飛びつき、タップする。過去の通知が遅れてきた可能性もあるが、いまはとにかく情報が欲しかった。

そして開いた灰汁島のタイムラインは、朝いちばんで見たときよりも発言が増えていた。

「……！」

あれっきり、ツイートはもうないかと思っていた。だが、ぽつり、ぽつりと五月雨《さみだれ》のように言葉をこぼしだしている。だがあまり喜べる内容ではなかった。

――すぐ揺れる。本当に弱い。決めたならさっさとすればいいのに。

――この期に及んで、あの店のあれを食べたかったなんて考えている。

ツイッターの書きこみは不穏さを増していて、一体どうすればと思いながら個人アカウントから必死にリプライを飛ばした。

――先生、大丈夫ですか？　これをご覧になってたら、わたしに連絡ください。

ぽこりと発言するのは、うさぎのアイコン。未紘のあだ名でもあるミッフィーに似たそれは、担当したことのあるイラストレーターが「っぽいの」を描いてくれたパロディ絵だ。公式のものよりすこし邪悪な顔で、その手にはタブレット端末とペンを持っている。ユーザー名もそのまま『みひ』となっていて、女性だと思われることも多かったが、素性を隠すにはちょうどいいと特に弁明しなかった。

しかしこの切羽詰まった状態においては、なごみ系アイコンがひたすらシュールに思える。そして同じくシュールなのは、灰汁島の状態を案じつつ、同時にやってくる仕事の案件をさばき続けていることだろう。

あたりまえだが未紘は灰汁島の専属というわけではない。こうしている合間にも業務を滞らせるわけにはいかないから、あがってきた原稿に受領の連絡をし、印刷所からの確認や社内からの各種連絡にも返信をする。

むろんかかってきた電話には笑顔で対応もする。そうしながら、チリチリする胃をこらえて灰汁島からの返信を待つ。

ぽつり、ぽつりと灰汁島からの通知が来る。それに混じって、見知らぬひとからのリプライが飛んでくるようになった。

——灰汁島先生の担当さんですよね。なにかあったんですか?

——先生なんかやばそうなので、助けてあげてくれませんか。

未紘のリプライに気づいた読者が、すがるような言葉を投げてきた。物見高い連中の、荒らし的な揶揄の言葉もかなりの数飛んできたが、いずれにせよ返せる言葉はないし、いま未紘が求めているものではないので無視をする。

(返事は……ないか)

幾度かリプライを送ってみたが、通知を切っている可能性もある。つくづくと、この手のツールは便利なようで不安定だ。実際に届くかどうかは相手の設定次第だというのに、送信した事実と可視化された部分的な情報だけで、ひとはそこにあるものすべてを捕捉したような錯覚や安心を覚えてしまう。

（むかしの編集ってすごかったんだな）

缶詰にして原稿を書かせただとか、見張り番がいただとか、それでも逃げて温泉宿に立てこもっただとか、伝説の大家とその担当の逸話はいくらでも聞く。いまよりもっと連絡手段がすくなく、もっと相手の行動を把握できない時代だったけれど、逃げ惑う作家を追いかけまわして、本を出したエネルギーはいかばかりだったろう。

それでも、デジタルツールに頼らざるを得ないのが未紘たちの現実で、それぞれが知らぬ間にこれらへと依存している。

そして依存度の高い人間は、そう簡単に、それをやめられないものだ。

「……！」

突然、灰汁島のタイムラインに写真がアップロードされ、未紘はそれにかじりついた。いま食べたばかりのモーニングとよく似た、どこかの店の朝食風景。

――あの店で、食べそこなった。

残念そうなつぶやきは、いまのタイミングにはすこしふさわしくないような、ある種暢気なものにも思えた。だが同時に、家の近所のモーニングを『もう食べられない』と考えているとすれば、これもずいぶんと危うい。

（せめて、いまどこにいるかわかれば……）

話がしたい。未紘になにができるわけではないけれど、少なくとも直接の言葉を交わしたことのある人間として。

頭を抱えそうになっていたとき、見知らぬ相手からのDMが届いた。ポップアップで内容が見えなければ無視したかもしれないそれは、灰汁島の熱心なファンで、いつも彼にリプライを送っていたため、未紘も覚えているツイッターフォロワーだった。

【突然すみません。担当編集さんですよね。先生気づいてないみたいだけど、このツイート、位置情報はいったまんまになってます】

「えっ……」

最新版のツイッターでは、個人情報保護の観点から、写真のＥｘｉｆ情報やジオタグといった、位置情報に関するものは自動削除されるようになっている。一瞬混乱したが、続いたメッセージで未紘ははっとなった。

【写真じゃなくてツイートそのものです。たぶんですけど先生、初期化アプリでメッセージ消したときに、設定関係もぜんぶ初期化したんじゃないかと。そうすると位置情報ってデフォでオンになる場合あるので】

言われて、未紘は普段使っているツイッターの非公式アプリではなく、公式アプリから確認してみる。すると、都内のある場所がたしかに表示されていた。

【それで……ぶっちゃけ言うと自分はこのモーニングを出す店を知ってます。位置情報から見て間違いはないです。キモくてすみませんけど、先生に教えてあげてください。まだ気づいてるやつ少ないけど、わかったら野次馬が押しかける可能性あるんで】

そうして、店の情報と正確な住所を教えられたところ、未紘のいまいる場所からそう遠くもない地名だった。

これがたとえ愉快犯の悪戯《いたずら》だったとしても、すがりたい。未紘は急いで席を立ち、会計をすませて店を出る。

【ありがとうございます。ご協力感謝です。いまから行ってみます】

【いえ。灰汁島先生のこと、お願いします。自分が言うことじゃないけど……じつはまとめのスクショ撮ったの、自分だったので】

責任を感じているのだろう。彼か彼女かはわからないけれど、了解の意をこめつつこのあとは返信しないと知らしめるため、サムズアップの絵文字を押して会話を終了させる。

小走りで大通りまで出ると、幸いにタクシーが走ってきたのが見えた。手を振って飛び乗り、「ここに行ってください」と、さきほどＤＭで教えられたグーグルマップの住所を表示する。無愛想な運転手はカーナビに住所を打ちこんで、すぐに車は走りだした。

この店に向かっても、灰汁島がいる可能性は五分だ。実際いたとしても、移動してしまっていることだってあり得る。それでもやっと摑んだ情報を逃すわけはいかないと、賭けに出た未紘の行動は、あたりだったらしい。

平日の昼間、幸いにして道は空《す》いていて、十分ほど走ったさきに目的の店があった。

さきほど未紘が立ち寄ったのと似たような店構えで、カフェというより古式ゆかしい喫茶店。こういうクラシックな店が灰汁島は好きなのかもしれない。

すこし違うのは、さきほどの店よりもっと開けた住宅街よりの立地で、人通りが多いせいか、それとも単なるディスプレイなのか、店の前にはちいさな花壇と並んで、木製のベンチが置かれていた。

そしてそこで、やせ型の背の高い男が、背中をまるめてぼうっと座ったままでいるのを見てとったとき、未紘は心底安堵《あんど》した。

「……灰汁島さん、こんにちは」

タクシーの運転手にはそのまま待っているように告げて降り、声をかけると、灰汁島はぽかんとした顔をしていた。けれど逃げるような様子はなく、ただ惚《ほう》けている。

「あの、ここ寒くないですか」

スーツにコートを纏《まと》った未紘に比べ、灰汁島は本当に、家からそのまま出てきたようなジャージ姿だ。

「寒い……寒いかなあ」

自分の体感温度すらわかっていないように、灰汁島はぼんやりした声でつぶやく。迷子の子どものような顔をした作家に、なにを言おうか、どう言おうかと考えて、未紘が発したのは結局こんな言葉だった。

「モーニング、美味しかったですか」

「えっと、……はい」

「おれ、灰汁島さんの行きつけの店のモーニング食べてきました。あれも美味しいですね」

「え……行きつけって、『うみねこ亭』の？」

「あ、そういう名前だったんだ？　店の名前見る余裕なかったです」

あははと笑って頰を掻くと、「なんで……」と言いかけた灰汁島が言葉を切る。

「いや、なんでじゃないですよね。すみません。ぼくのこと探したんですよね」

「はい、まあ」

「ご迷惑をかけてすみません」

感情の起伏がほとんどない表情とその声に、未紘のうなじがますます総毛立った。灰汁島が重度の抑鬱状態なのは見て取れる。一歩間違うと本当に壊れるかもしれない。

言葉は通じる。だがどうしようもなく『届いていない』感覚があって、気温のせいでなく背中に寒気を感じた。反応の鈍い彼に、未紘は手を差し伸べる。

「とにかく一度、帰りませんか。それであったかいお茶でもコーヒーでも、飲みませんか」

にこりと笑った未紘を、ベンチに座ったままの灰汁島が見あげる。そうしてみるみるうちに、やつれたその目尻から、大粒の涙がこぼれた。

「お、お、怒らないんですか」

「べつに、怒ってはいないので」

「めっ、迷惑かけ、たのに」

「心配はしましたね。けど迷惑とは思いません。おれがしたくてやってますから」

ほら立って、と手首を摑んで引っ張りあげる。ひょろっとした灰汁島は小柄な未紘よりは頭ひとつ以上背が高かったけれど、心配になるくらい薄い身体をしていた。

「はい乗って。はい詰めて。……あ、すみません、さっきの町まで戻ってください」

「はいはい、了解です」

往復でかなりのメーターになることもあり、最初に乗った時より運転手の愛想もよかった。おかげで、べそべそ泣くジャージ姿の長身の男という謎の存在についても突っこんでくる様子はない。

車のなかはあたたかく、灰汁島は深くシートにもたれると、数分で寝息を立てはじめてしまった。あらまあと思ったけれど、眠れるようならべつにいい。

未紘はそっとスマホを取りだし、仲井と野方、そしてさきほどＤＭをくれた相手に対してメッセージを送った。

【灰汁島先生、確保しました。これから自宅に送ってきます】

返信は数秒もなく飛びこんできて、そのどれもが安堵とねぎらいに満ちていた。

なかでもDM相手の喜びかたはすごくて、泣き顔の絵文字を十個も並べたあとに、ありがとうありがとうと何度も告げてくる。そこでふと、未紘は疑問だったことを問いかけてみた。

【今回の件、編集とのトラブルなのはスクショ撮ったからご存じですよね。なんで、私のことは信じてくださったんですか？】

未紘のプロフィールは『本を作る仕事』としか書いていない。下手をすれば灰汁島を追いこんだ編集だと思われても不思議でないと考えたのだが、相手は【それはないです】とすぐ否定してきた。

【時系列的に先生の『あの件』が起きた時期って三年くらいまえですよね。でも『みひ』さんそのまえから先生フォローしてたし、二年前には相互になってた】

相手の言う『あの件』とは、灰汁島が以前住んでいたマンションから飛び降りた一件だ。世間的には事故で怪我《けが》をしたとして通したが、今回の話で、文芸デビューの経緯や時系列と絡みあわせ、ほぼ真実に近いあたりを推測されてしまったらしい。

【そうじゃなくても、たまにリプで話してたでしょう。灰汁島先生、基本あんまりリプ返しないひとなんで。だから『みひ』さんはたぶん、仲のいい担当さんなんだろうって、勝手に

自分が思ってただけです】

そういう相手は、灰汁島のデビュー時からずっとツイッターからなにから追いかけている、いわゆるガチファンというやつだ。こういうタイプは本人以上に本人をわかっている部分もあり、頼もしいと同時に怖くもある。うっかりすると熱狂的すぎるファンは愛がすぎてアンチに転向しかねないもの、彼の場合は違ったようだ。

【ただ、ファンなんです。灰汁島先生の言葉が好きなんで、ツイッターでもなんでもいいから、読んでたいんですよね。なので、ジャンルとかどうでもいいし、媒体もどんなんでもいいから、書いててほしいです。それだけなんです】

だから今回のことで、これ以上は『みひ』にも連絡はしないし、そちらも放っておいてくれと続けられる。

【新刊、無事お届けできるよう、尽力します】

【その言葉待ってました。宜しくお願いします】

そうしてお互いにＤＭでの会話を終えれば、タクシーはちょうど灰汁島の住むマンションの近くへとさしかかったところだった。

（さて）

ある意味ここからが正念場でもある。未紘は肩を上下させたのち、隣に眠る灰汁島を起こそうと、声をかけた。

＊　＊　＊

さきほどは玄関先でとって返すしかなかった2LDKの単身用マンションのなかは、雑然とした状態になっていた。

「散らかってて……」

「いえおかまいなく」

ひんやりした室内に、「暖房いれますね」と灰汁島《あくしま》は言って、エアコンのリモコンを探しはじめる。しばらく見つからず、未紘《みひろ》も一緒になって探せば、ごちゃごちゃに積みあがった仕事机を兼ねるダイニングテーブルの、雑誌の間に挟まっていた。

「す、すみません、なんかもう……」

「いえ。おれもよくやりましたから」

なにか読んでいる途中で中断する際に、ブックマーカーなどがない場合、手近にあったものをつい挟んでしまうのはよくやる。無意識にやるおかげでその後、挟んだものを見つけられないと大騒ぎするのも、むかしはしょっちゅうだった。

「過去形、なんですね」

「あー、同居人がきちんとしたひとなので……」

「彼女さんとかですか？」

まだなんとなくぼうっとした感じの口調で灰汁島は尋ねてくる。泣いたぶんだけすこしはすっきりしたのだろうか。もともと、そう覇気のあるしゃべりをするタイプでないので判断がむずかしいな……と、意識をそちらに向けていた未紘は、反射で答えてしまった。

「いえ、年上の彼氏なんで」

「……え」

灰汁島が固まって、あれ、と未紘は首をかしげた。そしてはたと、自分があっさりカミングアウトしてしまったことに気づく。

「あ、すみません、いきなりプライベートな話を。困っちゃいましたかね」

「いえ、じゃなくて、そんな話、ぼくにしていいんですか？」

おたおたと、灰汁島は手を振りまわしている。本当に思ったよりずっと純粋なひとだったのだなと、担当して二年以上になる作家を見つめ、未紘は微笑《ほほえ》んだ。

「特に自分から吹聴することではないですが、隠しているってわけでもないので。社内でも、知ってるひとは知ってます」

「え、あ、そ、そうなんだ……」

「それに灰汁島さん、こういうこと言いふらすひとではないでしょうから」

さらりと言えば、びっくりしたように、灰汁島が目をしばたたかせる。そして、うう、とか、ああ、とか唸《うな》ったあとにはっとなり、ばさばさとテーブルの上に積みあがった本をよけはじめた。

「し、失礼しました、立ったままでそんな話まで、こんな」

「あの、灰汁島さん？」

「来客がひさしぶりすぎて、ほんと……すみません、お座りください……あ、えっとお茶とか……えっと」

　静かにテンパっている灰汁島に「落ちついて」と未紘は苦笑する。

「来客ったって、おれが強引に連れ帰っちゃったんで、そんなにかしこまらなくてもいいですよ」

「や、ええと、はい……でもあの、なんか、喉《のど》渇きませんか。お茶と紅茶とコーヒー、どれがいいですか」

「灰汁島さんが飲みたいものでいいですよ。なんなら水でも」

「じゃあコーヒー、えと……淹《い》れます」

　てっきりインスタントかなにかだろうかと失礼ながら考えていれば、コーヒーミルで豆を挽《ひ》いている。そういえば作中でも食にこだわる描写が多かったし、きょうの喫茶店はいずれもネルドリップのコーヒーが美味《おい》しそうな店だった。胃の調子が悪くなければブラックで味わいたかったな、などと思っていると、形も柄も違うマグカップをふたつ手にした灰汁島が未紘へと片方を差しだしてくる。

「来客用のカップとかないんで……すみません」

「全然かまいませんが、あれ……カフェオレ？」

「えと、『みひ』さん、胃が痛いって、ツイートしてたんで」

ぼそりと言う灰汁島に、ちゃんと見てくれていたのだなとすこし感動した。同時に、その程度の情報でこうした気遣いができる繊細な青年が、前任者から受けた仕打ちを思えば、未紘の胸が苦しくなる。

「ありがとうございます。いただきます」

対面に腰掛けた灰汁島に告げて、ひとくちすすった。モーニングを食べた店のコーヒーにはさすがにかなわないけれど、やさしい味のそれにほっと息が漏れる。こちらはブラックをすする灰汁島は、所在なげに肩をすくめていて、さてどこから話そうか――と未紘は考えた。しかしこれといって思いつくこともない。ままよと、ひねりもないことを口にする。

「……灰汁島さんの家に来たの、はじめてですね」

「ち、散らかってるから、あんまりひと呼びたくなくて。すみません」

「いえ全然。強引に押しかけたようなもんですし……」

言葉を切って、未紘はそういえばと首をかしげた。

「ていうか、よく大人しく、一緒に戻ってきてくれましたね」

「え、それいまさら言うんです？　早坂《はやさか》さんが？」

「いや、ぶっちゃけるとノープランだったんで。なんでかなーって」

「正直、なんで居場所バレたのかわかんなくて驚きすぎて、泣いちゃったし恥ずかしいしで、思考停止してました」

ああなるほど、と未紘はうなずく。たしかに灰汁島からすると、ひとりで消えたいとさまよっていたところに、突然未紘が現れたわけだ。驚きすぎて反抗する気もなくしたのだろう。

「あの、なんでわかったんですか」

「先生、ツイッターの位置情報切ってなかったんですよ。フォロワーさんからリプライ来てませんでしたか」

「え、ええあ、……あっ、あー、そうか。いっぺん、ぜんぶ初期化しちゃったから。通知だけはオフにしてたんだけど……」

灰汁島は慌てたように目をしばたたかせる。

「ツイッターの位置情報、消しましょうね。まあもう、あそこの店は離れたから、べつに急がなくていいですけど」

「あ、ハイ」

素直にうなずいて、もぞもぞと指を動かす。「気になるならスマホどうぞ」と告げれば、すこし迷う目をしたあとにかぶりを振った。

「なんか……いまはなに言えばいいかまだ、わかんないので」

勢い任せで人騒がせな行動を取ってしまったことに、灰汁島は頓着《とんちゃく》した様子はない。さきほどまでの抑鬱状態よりすこしはマシだが、まだ感覚が追いついていないのだろう。

（すごい緊張感だな）

ひとと対話するうえでごく稀《まれ》に味わう、間違えてはいけない正念場で感じるあの、ぴんと張りつめた空気。相変わらず灰汁島はぼうっとしたように見えるが、薄氷のようなもろさが手に取るように伝わってくる。

「……おれの話をすこし、していいですか」

「え」

「考えてみたら、灰汁島さんとじっくり話しするのって、あんまりなかったので。興味ないかもしれませんけど、ちょっと知って貰《もら》おうかなって」

「あ……興味ないこと、ないです。早坂さん、経歴ちょっと不思議なので。……なんで法学部だったのに、ラノベの編集？　って。そりゃ文系だけど」

「あはは。法学部行った人間が全員、法曹界に進むわけじゃないですよ」

よくありがちな疑問に、未紘は苦笑し「でもそうですね」とため息をつく。

「ほんとに、よくある話っていうか、行きがかり上っていうか……」

そうして、未紘がなぜ出版社に入ることになったのかを、つらつらと話しはじめた。

「学生時代、照映《しょうえい》さん……知りあいの宝飾工房のところにバイトにはいったのがきっかけで『モノを作る』ひとへの憧れみたいなのが生まれたんです。でもおれは手先が器用でもないし、デザイン的センスはむろん皆無で。ならせめて手伝いできないかって思っても、その会社はちいさいし、手伝えることないし。あと完全に、大学で勉強してることも役に立たなくて、なにをどうすればいいか、わからなくて」

どうしたものか……と思っていたところで、大学の同期からアルバイトの声がかかった。募集の内容は、彼もやっていた、短期の編集アシスタント。書類の仕分けやアンケートの集計作業など、雑務の手伝いをやればいいとのことだった。

「ちょうど、そこの出版社の本……まあ、うちなんですが、読んだばっかりで、スキルのいらない下働きならやれるかもしれないって」

「え、じゃあマジでなりゆき……？」

「そう言ったじゃないですか」

実際に頼まれたのは、書類整理や発送などの、本当の雑用。だが活気のあふれる編集部に面白さを感じた。紙類は重たく、本や書類を運ぶのは大変だったが、その分だけ実入りもよかった。

それでも、それだけで終われば、ただのアルバイトで終わったのだろう。

きっかけは、アシスタントについた編集が担当した本を、アルバイトの料金にプラスしてのおまけでくれたことだった。

――早坂くん、よく頑張ってくれたから。まだこのひとも新人なんだ。年齢はきみに近いから、読んで率直な意見を聞かせてくれると嬉《うれ》しい。

そうして、これもバイトのうちかも、などと失礼ながら義理で読みはじめたその本はじつに面白く、同世代とは思えないほどの透徹した視点や描写が魅力だった。後年有名な賞を取る作品だったのだが、そのころの未紘は当然知らず、夢中になった。

「はじめてファンレター的なものを書いて、でも作者さんに直接送るにも発売前ですし。担当さんに預けてチェックされたら、感想の視点が面白いって褒められたんですよ」

もともと未紘は本を読むのが好きだった。ただ専攻していた学科が学科で、自分が本を作るという方向にまったく、思考が向いていなかった。

――きみ、よく働くし、性格的にも編集向いてそうだ。いいもの作るかもなあ。

いまはもう転職して、べつの会社に行ってしまったその編集者の軽口が、いまの道を進むための後押しになったのだと思う。

「あ、ここにあったな、て思ったんですよね。才能のあるひとの手伝いする仕事。意外と大学での勉強も、使える場面もありますし」

「……ミステリ関係については、早坂さんのガチ知識、わりと助かります」

「むかしのテキスト引っ張りだしてるだけですけどね」

専門職には敵《かな》わないまでも、ある程度の法律の基礎知識は当然、門外漢よりは学んでいる。作品作りのきっかけや、著作権関連でのゴタゴタがあった際、引っ張りだせるものがあるのは未紘の強みだった。

「まあ、そんな感じで現在に至ってるのが、おれです。基本的には『つくるひと』の手伝いとか助けになりたいなあって、やってる感じですね」

天才肌の、自身こそがアーティストタイプで、ほとんど原作者なのではという発想をし、作家の才能をとんでもなく伸ばしていく編集もいる。得てして大ヒットを飛ばすのはその手の編集が目立つけれど、未紘は最初からああいう存在になれない自分を知っている。

「なんかこう……黒子になりたいんですよね。徹底して。おれはいなくていいんで、作家さんがいいもの作れるように動ければいいなあと。……理想ですけどね」

鼻の頭を掻《か》いて、なかなかにそれも難しいと苦笑する。じっとマグカップの中身を見つめた灰汁島は、ややあって「でも、そうか、だからか」と、ぽつりと言った。

「だから、とは？」

「気を悪くしないでほしいんですけど、いままで関わってきた担当さんのなかで、早坂さんってすごく、自己主張薄いなって。文章のテンポ悪いとかは言うけど、こういう話書けとか、やれとか、言わないでしょう。でも話聞かないってわけではなくて、ブレストの壁打ちの、壁役はやってくれる」

「あー……はは、スミマセン」

「じゃなくて、ぼくはそれが、楽だったんで。色々、書く前に言われると、頭ごちゃつく。ぼくの話、聞くだけ聞いて、『いいですね、やりましょうか』て早坂さんが言うと、ほっとしました。実際書いたあとも、『よかったです』て言ってもらえると、あ、いいんだ、って……書いてよかったんだって、安心できました」

「そうですか？　それならよかった」

未紘こそがほっとする。灰汁島は他人の助言がノイズになるタイプのような気がしていたため、特に口出しをせず、初稿までは自由に書いてもらうようにしていた。

もちろん、誰にでもそう自由にさせてやれるわけではない。

「でもそれは、灰汁島さんが独自の世界を持ってて、やりたいことはっきりしてる作家さんだからですよ」

「え……」

新人作家や筆が暴走しがちなタイプには、それなりに助言や釘を刺すこともある。また灰汁島とは逆に、編集からの助言がないと動けないタイプもいる。

「いろんな方がいますから、一律で同じ対応をするわけにはいかないです。そうして相手をしっかり見て、なにを言うべきか考えるのも、おれの仕事かなって。……で、そのうえで、灰汁島さんにはある程度『任せた』方が、いいものができるって思ったので」

無責任に丸投げしているわけではないと、わかってくれるだろうか。そう思って彼をあらためて見つめた未紘は、ひゅっと息を呑《の》んだ。

「あ、灰汁島さん……？」

灰汁島は、ぼたぼたと大粒の涙をこぼして泣いていた。一瞬で青ざめ、腰を浮かしかけた未紘に「そんなこと、言われたの、はじめてだ」と、子どものような声で彼がつぶやく。

「ぼくの話ちゃんと、聞いてくれる編集さん、はじめてだ……」

（あ……）

やっと、本題にはいるのだ。そう思って未紘は唇を結び、じっと灰汁島の目を見てうなずいた。聞いている。ここにいる。そう伝わればいいと思ってのまなざしは、おそらく彼に、届いたのだろう。

「ぼくは……ぼくは、なにかえらそうなことを言いたいわけじゃないんです。話を、聞いてほしかった。知ってほしかった。それだけだった」

灰汁島はあえぐようにして、まっ赤な目をして言った。

「でも、あのひとなにも、聞いてないんです。いくら言っても『わかってる、わかってる』って笑いながらぼくを、無視して」

子どものようにしゃくりあげた灰汁島の手が、ぶるぶると震えていた。マグカップの中身が飛び散りそうで怖くなり、未紘はそっとその手に触れて「失礼しますね」とそれを取りあげる。

「電話、やなんです。いやだって、かけないでくれって言うのに、仕事断ったのに。『遅れてるけどやる気はあるって言っておいてやった』って、そんなこと言う」

灰汁島の話に前段の説明はない。それでも、もう未紘にはなんのことかわかっている。いまは、言いたいように話せばいいと、じっと耳をかたむける。

「ただ、裏切られて、悲しかったことを、悲しかったって知ってほしかっただけで、でもそれをどう言えば伝わるのかわからなかった。だって、あのひと自分の面子《メンツ》とお金の話しかしない。言い訳しかしない。あげく怯《おび》えきった目でぼくを見るそのひとに、なにを言えばいいかわからなくなった」

「……」

謝罪をしようとして、未紘は口を開くのをやめた。それこそ無意味だ。おそらく、彼が求めているのは『未紘の謝罪』ではないからだ。

ひとつには、徹底的に灰汁島を傷つけた前任の編集が見せたという「怯えきった目」については、想像がつきすぎてしまったというのもある。おのれの占有欲と打算でひとりの作家の可能性を潰《つぶ》した自覚があるからこそ、糾弾を恐れて言い訳を並べ立てたのだろう。

「だ、だってなんで？　なんで相手がぼくを怖がるんですかね？　ぼくなにかしましたか？」

「……いいえ。なにも」

「新しい仕事したいって、言っただけなのに、嘘つかれて、可能性潰されて、なのになんであんな、化け物見るみたいな目で見られないと、いけなかったんでしょうか」

悲痛すぎる声に、それこそ言葉がない。申し訳ないと謝りたいが、謝ったら灰汁島が許しを与えなければならなくなる。だから、まだ言えない。

未紘も――残念ながらそういう、保身に走った人間のいびつな表情を、見たことがないとは言えない。そしてあれが恐怖の表情だと知った瞬間の脱力感もまた、共感できる。

だから、静かにうなずいて、あなたの言葉を聞いているとただ、まっすぐに灰汁島を見つめた。いまはまだ、声を発するのは未紘の番では、ないのだ。

「それで化け物だって目を向けた相手に、なんで自分の利益の話ばっかりして、従えって言うのか、ほん、ほんとに、わかんなくて」

灰汁島は泣きながら、震えながら、「おそろしかった」と何度も言った。

「作家なのに、ことばを使う仕事をしていたはずなのに、目のまえのひとに自分をわかって貰うためのことばがなんにも、出てこなかったんです。そしたらもうぜんぶ、ぜんぶがくるって、表層を滑っていくだけのような気がしてしまった。書けなくなった。早坂さんにはなんにも関係ないのに、迷惑かけちゃいけないのにって、焦って、それでまた書けなくて」

訥々《とつとつ》と、つっかえつっかえ、灰汁島は未紘に語った。ことばに誠実であろうとしたあまり、多弁だったはずの自分すら見失ったという彼は、なんて不器用であろうかと思う。

「ぼくは……ぼくの言ってることって、あの、わかりますか……」

「――わかります」

それだけははっきり、未紘は言った。ちゃんと聞いている。あなたを、見ている。届く距離にいる人間のことを、知ってほしいと、それだけを思いながら灰汁島を見つめ、うなずいた。灰汁島もうなずいて、拳で涙をぬぐう。

「灰汁島さんの言葉、おれは、理解したくていま、ここにいます。ぜんぶはわかってあげられないかもしれない。でもわかりたいと思います」

「……っ」

ぐ、と灰汁島が唇を噛《か》んだ。みるみるうちに、ぬぐったばかりの目尻に涙がたまっていく。溢《あふ》れたそれは、彼の孤独だ。ひとりあがいて戦ってきたものがいま、決壊している。たぶんいまなら、そう思って未紘は口を開いた。

「かつて、うちの社に在籍したものが、灰汁島さんの信頼を裏切ったことについては、本当に申し訳ないと思っています。代わりになりませんが、お詫《わ》びします。本当に、すみませんでした」

「……っ」

灰汁島がなにか言おうと息を吸う。静かに未紘は制して、続けた。

「無理に許さなくていいです。許さなきゃいけないと思わなくていい。そうしてほしくて謝罪したわけでは、ないので」

言いながら、なるほど言葉はむずかしいと未紘は痛感する。届くだろうか。これは間違いではないだろうか。せめて慰めになってほしくて発した言葉は、いたずらな疵《きず》を深めないか。口に出したそれの十倍も百倍もの気持ちが、脳のなかでカラカラとまわるような心地だ。すこし焦る。だがそれを見せては、脆《もろ》くなっている灰汁島を支えるなんてできない。ぎゅっと拳を握り、そうして胸のうちにすがったのは、やはり、低い声で紡がれたあの言葉だ。

——どうすべきか、じゃなくて、待ちたいなら待ってやればいいんじゃねえの。

そういう言う照映こそが、待っていてくれた。

指針はある。目指す背中があるというのは、本当にありがたいと、未紘は知らず微笑んだ。

「おれは、あなたを待ちたいです」

「早坂、さん」

「もちろん、仕事ですから。全面的になんでも許容はできないことはあります。それこそ部署異動なんてなったら、なにもできなくなる可能性だってある。でも、担当でいる間は、おれは、『灰汁島先生』と一緒に、本作りたいですよ」

「……ろ、ろくに、売れない本しか、書けなくても?」

「本なんて、百発打った球のうち一発でもあたれば御の字ですよ。ヒット作狙い撃てるひとのほうが本来、少ないんですから」

これは文芸畑で長くやってきたベテラン編集の受け売りだった。そもそも売れる本を編集が作れるのではない。売れる本は、どこからか生まれてくるのだ。

それを見つけて世に出すのが自分たちの仕事であると、少なくとも未紘はそういう、青臭いかもしれない矜持《きょうじ》を、ちゃんと持っていたいのだ。

「……ぼく、ちゃんと、したいんです」

「大抵のひとはちゃんとできないもんですから、そこは気長にかまえればよいのでは」

「メンタル弱くて面倒じゃ、ないんですか」

「まあそれも最初から知ってましたので、気にしてません」

「面倒じゃないとは言わないんですね……」

自分で言って落ちこんだ。そういうところですよ、と未紘は苦笑する。

実際に灰汁島は大変に面倒な性格だ。けれど作家なんて多かれ少なかれ、面倒な性格の人間ばかりだ。

「先生はすごく面倒ですけど、それで、だから、なんでしょう?」

「な、なんでしょうとは」

「面倒をかけられるのが編集の仕事みたいなもんですから、なんでそんな気にするのかなと。ていうか、そもそも自覚ありますよね面倒って。だったら開き直ってください」

「む、無理ですよ～……」

「ツイッターではわりと強気なのに」

「あれは指が産んでる人格だからぼくじゃないです……」

容赦のないツッコミに泣きながらも、灰汁島は笑っていた。そうだ、未紘は知っている。灰汁島はこういう、ちょっとシニカルで癖の強いやりとりが、好きなのだ。

「笑いましたねえ、灰汁島さん」

ふふふ、と未紘が笑えば、またくしゃくしゃの顔になる。洟《はな》をすすったので、手近にあったティッシュボックスごと差しだしてやると、「スミマセン」とちいさく告げて、うしろを向いて洟をかんだ。

「……早坂さんは、なんでそんなに、やさしくできるんですか。ぼくみたいなの、見捨てようって思わないんですか？　その方が楽なのに？」

「う……ん、そうですねえ」

べそべそしながら言う灰汁島はまるっきり子どものように見えた。このもろさを剝《む》き出しにできるのが、彼の強みなのだと正直思っている。だがそれはいま、言うべき言葉ではないだろう。

（あのひとなら、どう言うかなあ）

無意識にそう考えて、「あ、そうか」と未紘はつぶやいていた。その考えこそが、この答えなのだ。

「やさしくできているかは、わからないですけど。もしもそうできているなら、それはおれが、そうしてもらってきたからです」

「……早坂さんが？」

「はい。そのひと、それこそ見捨てた方が絶対に楽な相手を、面倒くせえ面倒くせえって言いながら、絶対に自分から切ったりはしないんです」

むろん例外はある。未紘が照映と出会った当初、彼の工房で働き、盗難と未紘に対しての暴力問題を起こした青年下田《しもだ》のように、許してはならない相手についてはきっぱりとした態度もとる。

それでもひとを断罪するほどえらい人間ではないのだと、処分について正当だったのかを密《ひそ》かに考えこむのが照映だ。

もちろん彼とて間違うこともあるのは知っている。けれど、正しいことを、正しく為せたかと悩み続ける姿こそが、そうあり続けるのが大事だと、言葉ではなく背中で教えてくれたひと。

「えっとそれって……下世話ですみませんけど、彼氏さんですか」

「はは。はい。そうです。わかりますか？」

「わかります。なんか、……すごく早坂さんの言葉に、愛があったので」

「愛かあ」

こういう発言を照れずに言えるあたりが、灰汁島という男がどこまでも作家なのだなと思わせてくれる。

（うん、そうだな）

照映の背中を追いかけて、未紘はいまの自分を好きになった。愛は、それこそてんこもりにある。なにしろ照映の愛は大きいので、誰かにやさしくしたところで、未紘の愛は減らないのだ。

だからその等身大の言葉でまっすぐ、灰汁島に伝える。

「お互い仕事で、もちろん譲れないところはある。でも、あなたを壊してまで原稿をよこせなんて言うつもりはないし、一緒に走っていきたいと思ってます」

「……っ」

「おれは、それと、……あれですよ。灰汁島先生の話、好きなんですよ。だからもっと、読みたいです。それだけなんですよ」

ストレートな言葉はどこか面はゆく、未紘が頰を搔いてそう告げると、灰汁島はついに、子どものような声をあげて号泣した。

「うあ……っありがとう、ありがとうございます、ありがとう……っがっ、が、がんばる、ぼく、がんばり、ま……っ」

「ああ、泣かないで、泣かないで。あと頑張らなくていいって言ったのに」

ティッシュほら、とふたたび箱ごと差しだして、未紘は微笑む。ちょっぴりだけもらい泣きしたのは、内緒の話だ。

（届いて、よかった）

子どものように大泣きする灰汁島を見ながら、ただそれだけを思った。

＊　＊　＊

「はい……はい、灰汁島先生、疲れて、眠いって仰《おっしゃ》ったんで、そのまま寝て貰って、おれは出てきました」

灰汁島を寝かしつけたのち、部屋を出ての道すがら、未紘はひとまず仲井《なかい》に、そして直属の編集長にも電話で状況を告げ、このまま出社すると告げた。

「ツイッターとかの対処は後日で。『みひ』のほうから発言するので、ファンのひとにも、どうにか協力してもらえればと思ってますが、まあそれも後日で……」

スマホを片手に歩いていると、ずきんと胃の奥に重たい痛みがあった。

『どうした、早坂』

「あ、いいえ。とにかく一度顔だします。はい、では」

通話を終えて、いままでで一番重たい胃痛に顔をしかめる。そういえば結局カフェオレと

いえど、カフェインを摂《と》ってしまったし、昼は食べていない。

見あげた空は既に落ちかかっていて、時間的には夕刻だ。しかしいま食べている余裕もないしと、足早に通りへ向かい、またタクシーを拾う。

(すっかりタクシー癖ついてるなあ……)

すこしは歩かないと、このところジムもサボっているし、体力的にじわじわ削れているのかもしれない。そうは思いつつも重たい身体《からだ》を支えきれず、運転手に「白鳳書房《はくほう》まで」と、会社の住所を告げるなり、未紘は目をつぶった。


「……きゃくさん、お客さん、つきましたよ」

「えっ、あ……あっ、はい」

運転手の声で、未紘は意識を取り戻した。本気で寝入っていたらしい。無理もない、朝から削れる事態だった。支払いを済ませ領収書を財布に突っこんで、社屋まえに足を踏み出したところで、「早坂!」と声をかけられた。

見れば、野方《のがた》が手を振りまわしている。

「あ、野方。いろいろありがとう」

「とんでもねえよ。おれちょうど打ち合わせから戻ったとこだった……って、おい」

近づいてきた彼は、さっと顔を厳しくする。なんだろう、と思っていれば「大丈夫か」と問われた。

「え、なにが？」

並んで社屋へと入り、ＩＤカードをかざして社員専用のエレベーターに乗りこんだ。Ｇがかかっただけで、胃がまたずきずきする。

「なにがじゃねえよ。胃。ひどいんじゃないのか。顔真っ青だぞ。ふらふらしてるし」

「あ〜……昼食べそこなったまんまなんだよな」

「ばか、いまもう四時近いぞ！　そんな食生活してっから再検査くらうんだろ」

同僚の小言に、心配されているなあと苦笑する。そうして踏み入れた編集フロアの喧噪《けんそう》、すこしむわりとするような熱気に、ほっと息が漏れた。

（……いつもの場所だ）

悲喜こもごもあるけれども、理想の本を作ろうと戦うひとたちが多い、エネルギーの溢れる場所だ。うるさいくらいの空間に安堵《あんど》するのは、おそらく限界まで心がやせ細った相手と対峙《たいじ》していたせいだろうか。

「……早坂？」

耳が遠く、綿でも詰めたような感覚を覚えた。そうして一瞬で全身の血が引いたような冷たさを覚えたのちに、未紘は短い悲鳴をあげ、腹部を押さえて身体を折り曲げた。

「イ……っ！」

襲ってきたのは、腹部を針でざくざく刺されているような強烈な痛みに嘔吐感《おうとかん》。こんなひとまえで、と思いつつ、腹を押さえたままうずくまった未紘は、がほっと空咳《からせき》のようなものをし、喉からせりあがってきたものを堪《こら》えきれずに、吐いた。

（いった……！）

胃酸で焼けた喉のつらさ、内臓が痙攣《けいれん》する不快感。そして鉄さびのような匂いと、あらゆるものにダメージを喰らった未紘がかすむ目をしばたたかせていれば、背後で悲鳴があがる。

「……っギャー！　早坂おまえ！　ちょっ、医務室！　いや救急車⁉」

「へ？」

「血ぃ吐いてる、血ぃ吐いてるから！」

うろたえる野方の声に、かすむ目をこらす。吐瀉物《としゃぶつ》を受け止めたはずの手のひらは真っ黒ななにかが混じった液体で汚れていて、なるほど血、と変に冷静に思った。

「おい早坂、血ってなんだおま……血ー！」

飛んできた編集長が、野方以上の悲鳴をあげる。未紘は汚れた口の端と腹部を押さえ、ちからなく笑った。

「えっとだいじょぶですよ、黒いんで。鮮血は重症だっていうけど」

「アホか！　血ぃ吐く段階で軽症じゃねえから！」

「だめだ早坂いま頭飛んでる、とにかく医務室連れてけ医務室！」

わあわあと騒ぐ幾人かのうち、体格のいい男性社員に腕を取られて、ほとんど抱えるようにして連れこまれたのは、医務室こと、『健康管理室』。学校でいう保健室のようなもので、医者ではないが専門の資格と知識のある専任の医療カウンセラーが常駐している。

「うん、タクシー呼んで、病院行って。いますぐ」

備えつけのベッドに寝かされ、熱をはかられつつ口頭問診を受けた未紘は、カウンセラーにそう指示された。

「え、でもただの潰瘍《かいよう》では……胃薬飲めば」

「ただのってレベルで血ぃ吐かない。胃穿孔《いせんこう》起こして死にたいの？」

「早坂やばいってぇ。もうタクシー呼んでやっから。付き添いいるか？」

ぴしゃりと言った相手と付き添った野方に説得され、呼ばれたタクシーで比較的近くの、会社と健康診断などかかりつけの契約をしている総合病院へと担ぎこまれた。

病院へは健康管理室から連絡が行っていたらしく、比較的待たずに診察室へ。そして血と胃液の散ったシャツに顔をしかめた医師が、すぐさま鎮静剤を使用した内視鏡検査とCTスキャンを手配した。

検査後には吐血があったのと栄養状態もよくないとのことで点滴を打たれ、しばし横にならされた。何度か液を取り替えてのそれはなかなか終わらず、チューブをぶら下げたまま検査結果を聞くことになった。

「これね。典型的な胃潰瘍ですねえ」

健康診断でも顔をあわせた医師が、ものすごく苦い顔で未紘に告げる。目のまえのモニターにはさきほど最新機器で撮ったばかりの、未紘の内臓を写した3Dデータがぐねぐねと動いていた。

「ね、ほら、ここところ。わかります？　ぽつぽつ黒いの。前回のデータがこれ。ね？　違ってるでしょう」

「はあ……」

素人目《しろうと》にもわかるほど、黒点のようなものが増えている。身を縮めていると、目のまえに座る医師はふーっとため息をついた。

「この間の健康診断で、注意してくださいって申し上げたはずなんですけどねえ。急激になにか、ストレスのかかることしました？」

「えー、あー……ちょっと仕事のトラブルで……」

思い当たる節しかない。目を泳がせる未紘に「まったく」とため息をついて、手元のキーボードをすごい勢いで打ちこみはじめる。

前回の診察より症状の急速な悪化、胃穿孔、手術の必要はなし。

最近のカルテはＰＣのデータが一般的で、専門用語ではなくふつうの日本語で書かれることが多いのだなと、ぼんやりするままそんなことを思った。

「とりあえず孔はふさがってましたので、お薬で様子みましょう」

「はい……」

「あと薬飲めばいいってもんじゃないですから。ちゃんと寝て、胃に負担かからない食事とって。なんならうちの病院の栄養教室で講座受けますか？」

「いえそれは、大丈夫です、自分で調べます」

ならよし、と会話の合間にもキーボードをたたく手を止めなかった彼は、ため息をついて未紘をきろりと睨《にら》む。彼はひょろりと痩せていて、未紘と同じくらいに小柄なほうだ。けれどその痩軀《そうく》から発せられる迫力は、息を呑むものがあった。

「とにかく、これからまる一日は絶食して薬飲んで。その後も最低二週間は安静にしてください。安静ってわかりますか。おとなしく、自分の身体をひたすら大事にして横になっとけってことです」

お医者さんというひとたちは、患者が健康に気をつけるとものすごく褒めてくれるし喜んでくれるが、その逆をやらかすと本当に怖い。なぜ自分を大事にしないと、全身のオーラで叱《しか》りつけてくる。

「あの、ええと、安静に仕事するというのは」

「仕事で胃を壊したんですよね？　もってのほかです。これ以上無理をするようなら入院コースですよ」

抗《あらが》えるようなものではなく、未紘はこくりとうなずいて、「オトナシクシマス」とカタコトのような日本語で従順に答えるしかなかった。

＊　＊　＊

未紘が、久々によく眠った、と感じたのは、起きたとたんひどく空腹だったからだ。

「……いいにおい」

ぽつんとつぶやいて身体を起こす。パジャマを着ているのもまた、ひさしぶりだった。いつ着替えたか覚えていない。また彼が着せてくれたのだろうか。

コーヒーと牛乳。焼けたパンの香ばしさにバター。蜂蜜《はちみつ》。ふらふらと寝室を出てリビングへ向かえば、台所のほうから「起きたか」の声がかかった。

「起きた……おはよございます」

目をしょぼつかせながら言うと、照映はフライパンでなにかを焼きながら苦笑した。

「まだ死んでんなあ」

「しんでない……」

朝の光が満ちた白くまばゆい空間に、大好きなひとが立っていた。黒いシャツとジーンズという素っ気ないほどの衣服。けれど引き締まった長身のおかげで、ラフな服装がとてつもなく格好いい。

「まぶしい……」

思わずこぼれた言葉には「この時間に起きるなんてねえからだろ」とあきれ笑いが返ってくる。そうだけど、そうじゃないとは言えなかった。つきあって十年以上になる恋人に見惚《みと》れたなどと、この男に言ったところで間違いなく爆笑されるだけだ。

「……腹立つなあ」

「なんだ、朝から情緒不安定だな。まだ寝ててもいいけど、食えるなら食うか？」

「なん焼きよっと」

「フレンチトースト。昨夜からつけといたから、耳までしみふわだ」

「うお……食べる」

諸手《もろて》をあげて喜んだつもりが、まるで幽霊のごとく情けない手つきになった。苦笑した照映に「座ってろ」と言われてダイニングテーブルに腰を落ち着ける。

「飲んで待ってな」

すぐさま差しだされたマグカップに満ちているのは、蜂蜜入りのホットミルクだった。

「コーヒーは……はい、我慢します」

じろりと睨まれ、両手でマグカップを持った未紘は首をすくめた。色男の睨みは迫力があって怖い。胃に孔を開けかけたとあっては、もうなにひとつ反論の余地はない。

ホットミルクを吹き冷まして飲みつつ、あれ、と未紘は首をかしげた。

「照映さん、今日、仕事は」

じわじわとフレンチトーストを焼いていた男はこともなげに言う。

「休んだ」

「え！」

「え、じゃねえよ。おまえ自分がどんだけ寝てたかわかってるか？」

言われて、一晩ではないのかと目をまるくする。そうして照映がぬっと突きだしてきたスマホの画面に表示されているのは、未紘が灰汁島の家に行ってから、二日後の日付。

「丸一日、ほんっとに一度も起きねえで寝てたぞ。処方箋《しょほうせん》に鎮静作用のある薬はいってたらしいが、それにしてもびびったわ。病院に確認したら過労で寝てるだけだろうけど、なにか異常があれば連れてこいって言われたんで、様子見てた」

なるほど、会社を休んでまで貼りつくわけだ。そして医師の指導したとおり、はからずも丸一日の絶食を果たしてしまった。どうりで腹が減っている。

「うちはもともと危険物も扱うから、体調は重々気をつけてっけど……まさかおまえのほうが倒れるとはなあ」

ため息交じりの言葉には、面目ないとしか言いようがない。

「……なんつうか……ご心配を……おかけして……」

違う意味で青くなりながら詫びれば、頭を乱暴にかき混ぜられる。

「そういうなら、なんで病院から連絡よこさなかった？　家に戻ってくる途中のタクシーん中で、メールで報告ってのは、さすがにどうかと思うぞ」

「いやでも、照映さんまだ仕事かなって」

「そうだな、仕事してた。けど、おまえひとり病院に迎えに行くくらいのことはできる状態だった。それでメール見て慌てて帰ってくれば、ぐったりして寝てる。……同じ心配するにしたって、どっちがマシか、わかるな？」

照映の言葉はけっして荒くもなく、声もおだやかだった。芯の部分にかすかな痛みが感じられ、それだけで彼が、感情を律していま未紘に相対していることが理解できた。

（これは……やらかした）

感情表現がストレートな照映が、確実に叱りつけてきていい場面で、表情も声も淡々とさせたままというのは、よほどの状況だ。

冷たくして追いつめようという意図はない。逆なのだ。

（叱るのもためらうくらい、具合悪そうに見えた、ってことか……）

本当に猛省しなければならない。情の深い男の胃をそれこそ痛めつけかねないほどに心配させてしまったようだ。

「とにかく、おまえはこれから二週間は完全休養だ。これはもう医者からの通達でもあるから守れ。でなきゃ、ベッドにふん縛る」

「はい……」

ドクターストップのみならず、照映ストップがかかったのはもう最後通牒《つうちょう》だ。限界まで頑張る未紘を、この年上の恋人は上手に放っておいてくれるけれど、こうも口を出し手を出してくるとなれば、抗うすべはない。

「ほら、食え」

「イタダキマス……」

しょんぼりと肩を落としていれば、目のまえに出されたのはふわふわのフレンチトーストだった。さきほどの言葉どおり、一晩漬けこまれていたそれは口にいれるとふわりと溶けるやわらかさで、メイプルシロップではなく蜂蜜を垂らしてあり、バターと絡むと最高の味が舌に残る。

「めちゃうま！」

「そりゃよかった。……本当ならパン粥《がゆ》にでもしようかと思ったが、おまえはなんだかんだ、原型残してないやわい食いもんにすると不服そうだからな」

「うっ……」

未紘は実際、あまり粥などのたぐいが好きではない。いかにも病人という気分になるし、食べた気がしないからだ。本当に胃腸のことを思うなら、せめてミルク粥などの方がいいのだろうとは思う。

「ただ、昨日一晩で薬も効いたらしくて、朝方盛大に腹の音鳴らしてたんで、まあ、食えるなら食うだろと」

「えっ、うそ」

「嘘じゃねえよ。いびきかと思ったら腹がぐうぐう言ってて、笑ったわ」

くっくと喉を鳴らす照映は、自分のためのトーストを囓《かじ》り、目玉焼きをつついている。どうやらフレンチトーストは未紘のためだけに作ったらしい。

手間をかけたな、と思う。会社も休ませてしまって、本当なら勝手にしておけと放り投げてかまわないのに、照映はそんなことはしない。だからこそ、申し訳ないと思う。

「……怒らんの？」

おずおずと上目遣いに問えば、コーヒーをすすった照映が深々とため息をついた。

「怒ってはいるが、それをおまえにぶつける意味はない。どうせ、あらためる気はまったくねえだろう。だから今後は、こまめにもうちょい口うるさくする」

「ハイ……」

性格も行動パターンも読まれ切ったうえで、あえて叱らないという選択肢をとったのは、それが一番未紘の、現在の胃には負担がなく、なおかつこれからの行動を反省させるに至る、最大に効率がいいやりかただからだ。

（こういう形で叱られないの、こたえる……）

実際しおしおとなりながらホットミルクをちびちびやっていれば、照映はふっと笑う。

「まあでも、めずらしかったな今回」

「ん？」

「おまえは、あいつらと違って手がかかんねえから」

彼の言う「あいつら」とはおそらく慈英《じえい》、それからその恋人である美貌の刑事、小山臣《こやまおみ》のことだろう。臣の職業柄、そして慈英のトラブル体質としか言いようのない運気のめぐりか、とにかく一年とおかずに物騒な事件に巻きこまれ、保護者的立場にある照映も手を貸す羽目になっている。

未紘も、幾度かその手助けをしたこともある。といって、この家に彼らのどちらかを泊めたりする際に、食事の用意をする程度の話ではあるが——正直、なんて大変なひとびとだろうかと思ったことは一度や二度ではない。

「いや、一緒にされても……あのひとたちレベルですったもんだすると、ふつうのひとは何回か死んでると思うし」

「ハハ。違ぇねえや」

照映も苦笑して、未紘の頭を撫《な》でる。大きな手のひらにほっとしつつ、未紘はすこしだけあまえたいような、きつく戒めてきた心の箍《たが》をゆるめたいような気持ちになって、口を開いた。

「……そうしてきたから」

「うん？」

「面倒、かけんようにしてきたから。ほんとのとこ、照映さんはもうちょっと、手ぇかかる子、好きだろなあ、て……思ったけど」

——ちっちゃいもんとかいたいけなの、弱いんだよ照映。もーめろめろ。

久遠《くおん》の苦笑交じりの言葉を、思いだす。

もうずいぶんと遠い「あのころ」といま。当時の気持ちをそのまま思いだしているつもりでも、たぶんいろんな補正がかかって、きっとそのままの記憶ではないはずだ。

それでもずっと、変わらず隣にいて、気持ちを途切れさせないようにしてきた。

お互いに、お互いが大事だった。

「だからおれはね。あんまし手ぇかけんようにしよ、って思った」

「ふつう、好みのキャラになろうとするもんじゃねえのか？　そこは」

からかうというにはやさしい声で言う彼に、「いやあ」と未紘はあえてすました顔を作った。

「だって照映さん、そうやって面倒見るばっかの『かわいい』には、いつか絶対、手ぇ焼くでしょが」

「……」

ふふん、と笑ってやれば、照映は無言で額を小突いてきた。自覚ありだなと、未紘は笑みを深くする。

懐深く、面倒見もいい照映は、でもじつのところその性質だからこそ、疲れやすいのを知っている。

（だってほんとのとこ、仕事と久遠さんと慈英さんで手一杯でしょ、照映さん）

ただでさえ重責のある社長の職務に、頼りにはなるが癖のある相棒と、なにかと言えば事件が絡む天才画家のいとこ。

彼の両手はそんなものでふさがっているから、そこに未紘までぶらさがったら大変だ。

もちろん、これしきで潰れたりはしないだろう。強いし、能力もあるひとだ。

けれど、だからこそそんな彼を誰も彼もが頼りすぎてしまう。そして疲れた顔すら見せず、――へたしたら疲れている自覚もないまま、笑い続けるのが照映という男だ。

だったら未紘ひとりくらいは、寄りかからずぶら下がらず、でも隣にいて、好き勝手しているくらいでいいのだと、そう思ってやってきた。

「おれはひとりでちゃんとしとこうって。その方が、たぶん……好みと外れても、長続きするなって……」

思ってたんだけど。腹のうえに手をあてて、未紘はふうっと深く息をついた。

「まあでもうん、今回はキャパ見誤りました。失敗」

「そうでもねえさ」

反省、とうなだれた頭を、照映がぽんぽんとたたく。

「おまえはちゃんと、相談なり対処なりしようとしてたろ。見誤ったんじゃなく、抱えきれる量を超えたトラブルだったんだ。そういうことは、残念ながら起きる」

「……うん」

人生経験豊富な男の言葉は、ただの慰めではなく、素直に未紘をうなずかせた。

「ただまあ、体力を過信したのは事実だろうけどな。……おまえ、自分が三十すぎてるって自覚、あるか？」

「じつは、あんまなかった……」

二十歳《はたち》でアルバイトにはいったその会社に就職し、幸い大きな異動もないまま同じ部署で、人間関係も業務も、ある程度は固定していた。なにより日々が忙しく、慌ただしく、毎日をやりこなすのに精一杯で、気づけば干支《えと》はひとまわり。

「一気に体力落ちるんだよ。四十になったらもっとだぞ」

しみじみと言う照映は充分若々しいけれども、やはり未紘より十以上年上ではある。

「頼むから、無理すんな。頑張りすぎて自分が壊れちゃ、元も子もねえぞ」

「……ハイ」

反論の余地は一ミリもなく、未紘はただうなだれるしかない。その姿をじっと見つめて、照映はまた重たくため息をついた。

「あとまあ。もうひとつ今回、考えたことあってな」

「うん？」

「ぼちぼち、はっきりするか？　いろいろ」

はっきりとは。ちびちびと飲んでいたホットミルクから顔をあげ、未紘は首をかしげる。

「慈英たちがつけたみてえなけじめ、おれらもつけたがいいのかなと思ったんだが、おまえどう思う」

「え」

それは、と未紘は固まった。目をせわしなくしばたたかせれば「あー」と照映が苦笑いをする。

「ごめん照映さん。……正直、考えたことなかった」

「やっぱりなあ。考えてなかったよな、そっちも」

「えーと、うん。それまあ、要するにパートナーがどうこうっていう」

「うん、法的なあたりきちんとするかみたいな話だ」

なにしろつきあって十年以上、一緒に暮らすようになったのも同じほどで、お互い生活のリズムもそれぞれできあがっている。ただ、奇妙な話、国をまたいでの遠距離恋愛をしている慈英たちのように、籍を入れてどう、という話は——ずっと一緒に居続けたからこそ、してこなかった。

つきあいだしてからも長いこと、そういった制度そのものが施行されていなかったというのもある。だからこそ慈英と彼の恋人は、戸籍を同じくするというむかしながらのやりかたで家族としての縁を結んだ。

「おれも、おまえとうまくやりすぎてて、問題があんまりにもなさすぎるもんだから、いまさら……なんて考えてた」

「うん、だよね」

「でも今回、ちょっとな……たとえばおまえの病状がひどくて、意識がないようなことになったら病院から連絡が行くのは、家族だろ。実家は遠いから、緊急連絡先は職場の上司になってんだよな？」

あ、と未紘は目をしばたたかせる。

「おれは、おまえ自身から連絡もらわなきゃ、迎えに行くこともできねえんだよなあって、今回ちょっと考えちまった」

「それは……逆も、同じだよね」

「そうだな。おれになにかあったら、まっさきに連絡行くのは……まあ実家もだが、まずは久遠だ。おまえじゃない」

共同経営者であり、責任者でもある霧島《きりしま》久遠。責任のある立場である照映になにかあったら、その後を請け負うのは彼で、連絡系統として正しいのは間違いがない。

「でも、いまのパートナーシップ制度だと、そこまで伴侶としての権利ってないんじゃなかった？」

「自治体にも依るらしいからな。その辺はもうすこし詳しく調べる。場合によっちゃ慈英たちを見習うのもありだしな」

「そっか、そうだね」

ひたすら淡々と事実を確認しあい、今後どうするのかをおのおので調べて、話しあおうというところで、「とりあえず今日、この話はここまでにする」と照映が区切りをつけた。

「え、なんで？　もうちょっと話、つめても」

「おまえもまだ寝てなきゃなんねえのに、調べ物する気満々になったろう、いま」

ぎくっとなった未紘が目を泳がせれば「わかってんだぞ、この法学部」と頭を摑《つか》まれた。

「気になった事例片っ端から当たるくらいはするだろうが、性格的に。元気になってからにしろ！」

「あわわわ、しません、しない、しないから」

「ほんとだな？　ケータイとタブレットとパソコンぜんぶここに置いておけよ」

「そこまでする⁉」

「ワーカホリックなやつは信用しちゃならねえって、経験上知ってんだよ」

自分が、ということだろう。未紘が目をじっとりとさせれば、照映は素知らぬ顔で鷲《わし》づかみにしていた頭をそっと、撫でてくる。

「まあとにかく、いろいろはひとまず、胃が治ってからな」

「はぁい」

「よし、飯も食ったな。じゃあ薬飲んで寝ろ」

目のまえに常温の水がはいったグラスと薬包を置かれ、有無を言わさない面倒の見っぷりにうなずくほかはない。

薬を飲み、気分的にはもう痛みもない胃をそれでもなんとなくさすりながら、未紘は自室へと引っこんだ。

そうして一度、命じられたとおりに端末ツールのすべてを照映の手元に置いたのち、再び部屋へと戻ってベッドにもそもそと潜りこむ。

あれだけ寝て、ふつうなら眠れないと思うのに、横になって数分もしたらうとうとしはじめた。やはり疲れていたのだなあ、と他人事《ひとごと》のように思ったあと、ふと、未紘は思う。

(あれ？　……さっきのって、あれ、もしかして)

「……プロポーズされた？」

思わず口に出すと、なんだかとんでもないインパクトがあった。

よくよく考えればそういうことだと思うのだが、あまりにお互い淡々としていて、役所の手続き確認や世帯調査かなにかのようなノリで話してしまっていた。

いやしかし、あれはそれ以外にどうにもとらえようが……と思っていれば部屋のドアがノックされる。

「未紘、まだ起きてっか?」

「あ、はあい。どうぞ」

かまわないと告げれば、なにかじゃらじゃらとしたもののついた道具を持ち、長い脚で部屋に入ってきた照映は、起きあがろうとする未紘を手のひらで制した。

「悪い、ちょっと確認したいことがあってな」

「は……」

言って、照映はベッドの端に腰掛けるなり、未紘の左手をひょいと持ちあげる。そうして、手にしていた道具のなかから選んだひとつを嵌《は》めてみせた。

「おい、おまえやっぱ痩《や》せたろ。まえは十二号だったのに、いま十一って、もう女性サイズだぞ」

「……は」

「まあでも飯食ってねえし……作るのは十二の方で問題ねえか」

リングゲージをあれこれと嵌め直しているのは、左の薬指だ。唖然《あぜん》としたまま見あげていると、とりあえずの結論が出たらしい男は「うん」とうなずいて腰を上げる。

「わかった。邪魔したな。もう寝とけ」

「……いや、照映さん、あの」

「ん？」

どうした、と、ふだんどおりのジーンズに、よれた部屋着を纏《まと》って、そのくせやたらとカッコイイ未紘の恋人は、笑っている。

「なんか機嫌よくない？」

「まあ、そうかもなあ。これでやっとおまえに指輪作れるし。いくら言ってもおれの作ったもん、受けとろうとしねえから」

「そりゃ照映さんの作ったジュエリーとか高すぎて買えないしもらえんって！　……じゃなくって、あの！　なんかやたら事務的に言ったけどあの指輪ってそういうこと⁉」

本題をずらすのはやめてくれと未紘が声をうわずらせれば、こういうときばかりシャイになる照映は「あー」と天井を見あげた。

「いやおまえさっききまったく悩む様子なかったし、はっきり言うのもいまさらじゃねえの？」

「一応、その意思はありますが、齟齬《そご》があるといけないので確定的な言葉は欲しいです」

起きあがって、なんとなく正座する。パジャマのままだし、寝癖もたぶんついているし、そもそも照映が持っているのもリングではなくリングゲージ。

なんだか全体にしまらない。でもべつに、それでいい。

「あー。結婚すっか?」

「うん。します。今後ともよろしくお願いいたします」

ベッドのうえからぺこっと頭を下げれば「こちらこそ」と照映もまたお辞儀してくる。

「まあ、言ったように細かいことは後日で。まずは寝ろ」

「はーい」

横になると、照映が布団をかけてくれる。思わずくすくす笑ってしまって、照映には「なんだよ」と怪訝《けげん》な顔をされた。

「なんでもない。……おやすみなさい」

「おう、おやすみ」

頭を撫でた彼の手からは、いつもの煙草と、染みついた金属の匂いがする。未紘にとって一番安心できる匂いを吸いこみ、そっと部屋を出ていく大きな背中を見送って、ふふふとまた、笑った。

プロポーズされたその日、まっさきに考えたのが、たぶん老後もこんな感じで過ごすんじゃないかという、やたら現実的なのか夢見がちなのかわからない、そんな妄想だった。

そして、そんなことをいまから考えている自分に吹きだしてしまったというのは、さすがに誰にも言える話ではない。

（まあでも、うん）

じつに照映らしく、そして未紘らしい、そんな一幕だったという気がして、胸のなかはほこほこと、あたたかだった。

＊　＊　＊

その後、上司たちと話しあった結果、医師の言ったとおりしばらくは自宅療養。仕事については本当に最低限のもの——直近の入稿があるものなどを、野方に臨時で代行してもらう際の根回し連絡など——のみとなった。

いちばんの懸案事項であった灰汁島については、逆に未紘が倒れたことで「ぼくがちゃんとしないと」と奮起し、戻ってくるまでに改稿をすませておくと言われる始末だ。

『ツイッターの方でも、騒がせたことはお詫びしました。しばらくは色々言われるだろうけど、まあそこもしかたないので』

トラブルの暴露から炎上をおさめるのに一番必須なのは、状況の正確な説明だ。

今回の件については、かつてトラブルが起きた編集からの連絡で取り乱したこと、それをきちんと断れずに追いつめられたが、現担当の助言で正式に拒否したことなど、すべてではないけれども、概《おおむ》ね事情を聞けば納得いく程度の話を、灰汁島がツイッター上に綴《つづ》ったことで一応の収束を迎えた。

――一連の件は、ある意味ではぼくが幼いくらいの恐怖心から逃げてしまったことが要因です。騒がせた皆さんには本当にすみません。今後もつまずくとは思いますが、ぼくの声を聞いてくれるひとがいると信じられたので、頑張ってみたいと思います。

ネット上では、そこまで追いこんだ編集は誰だ、助言した編集は『みひ』さんで間違いないなど、憶測交じりの喧々囂々《けんけんごうごう》が毎度のごとく起きていたけれども、数日も経てばまた新たな火種を見つけて、散っていった。

そうして未紘はその間、自宅でとにかく大人しくしていろと言われた。さすがに照映も仕事を休むのは二日が限界だったようだった。それでも「社長権限」と、こんな時ばかり嘯《うそぶ》いて、よほどのことがない限りは定時まえに退社してくる有様だ。

徐々に通常食に戻すようにして、四日目にはふつうのご飯を食べる許可が出た。むろんおかずのたぐいはまだやわらかな豆腐や、挽肉《ひきにく》と白菜を煮たものなど、ひたすら胃にやさしいものばかりだったが、米を食べられるありがたみにまさるものはない。

「……そんなら、もうあとしばらくは自宅療養？」

「うん。もうここ数日はふつうにしてて全然平気だし」

取りあげられた連絡ツールのたぐいは、日中さほど眠ることもなくなった未紘が「暇すぎて死ぬ」と泣きつき、どうにかパソコン以外を返してもらった。

「いっそ運動でもしようかってくらい元気になってる」

「なんでそう極端なほう行くん……もうちょっと大人しくしとってよ」

「それ照映さんにも言われた。でも暇なんだよ。料理とか家事するくらいは許されたけど」

ストレスにならない相手なら通話くらいはしてもいいと言われ、まっさきに思いついたのが朱斗《あきと》だった。ビデオ通話で自宅療養中と告げたところ、素っ頓狂な悲鳴をあげた彼は「すぐ見舞いに行く！」と告げ、本当に翌日には未紘の自宅を訪れてくれた。

「思ってたけどフットワーク軽いよね、朱斗くん」

「画廊の仕事ってわりと自由きくんで……まあとにかくお見舞い、どうぞ」

いかにもなフルーツの盛り合わせをどんと差しだされ、未紘は「ありがとう」と笑いながら受けとった。

「あ、そうだ。これ見て、秀島《ひでしま》さんの絵、使わせていただいた本の装幀《そうてい》。束見本届いたんで、表紙の色校切って巻いただけだけど」

「おお〜すげえ、本だ！　てあたりまえか。でも毎度感動するわあ」

なにも印刷されてはいないが、実際の本と同じ用紙を使った造本サンプル。文庫や新書、ソフトカバーもそれぞれのよさと特性があるが、ハードカバー特有の厚みと重みは、やはり特別な高揚感がある。

「現物はいま印刷中なので、できあがったら届けに行くね」

ありがとう、と微笑んだ朱斗は、それにしてもと未紘を眺める。

「血ぃ吐いたんやろ。起きてて、平気なん？」

「うん、もう十日も寝てたし、いまは固形物食べても平気。薬も効いたし、痛みもまったくないから」

もともと回復のスピードは速いほうであったらしく、尾籠《びろう》な話だが便通などもその後の異常は見受けられなかったことから、胃の出血はおさまったとみられた。

「それに灰汁島さん、あのあと巻き返して無事に原稿あがったみたいなんで。読むの楽しみにしてるんだ」

にこにこと笑う未紘に、朱斗はあきれたような顔を見せる。

「どうしたの、朱斗くん」

「なんか……その灰汁島先生？　のおかげで、苦労したっていうのに、えらいご機嫌で」

「苦労？　したっけ」

「ねえ待って、編集サンが胃に孔あけかけたのは苦労にならんの……？」

「いやあ、よくある話すぎて」

「よくあらないで？　あってはいかんのでは⁉」

ひぃ！　と悲鳴をあげる朱斗をよそに、未紘は彼がお土産《みやげ》にと持ってきて、手ずから淹れてくれた梅昆布茶をすする。

「ちょっと今回はいろいろ重なっちゃったせいだし、灰汁島さんだけが原因ってわけでもないから」

「えええ……未紘くん、心広すぎん……？」

「むしろ自己管理できてなかったことは反省かなあ。心身ともに丈夫なだけが取り柄なのに」

本当にそこだけは猛省だ、とうなずく未紘にため息をついて、言うだけ無駄か、と朱斗がこぼしたのは聞かないふりだ。

「まあでも、その先生？　立ち直ってよかったね」

「うん、ひとまずね。まあ、創作者ってどうあっても波はあるから、きっとまた〆切前には悶絶《もんぜつ》するけど」

「……まあ、その辺はわからんじゃないけどね」

業界は違えど濃い面子を相手にしているのは朱斗も同じだ。扱っているモノの相場がケタ違いに大きく、一点物の芸術品であるぶん、さらに厄介《やっかい》な部分があるのも知っている。

「あ、そういえば、秀島さんってしばらく帰国予定ないよな。またニューヨークのアインさん宛に送ればいいかなあ、献本」

個展などの企画で欧米諸国を回ることもあるだけに、事前に聞いておかないと入れ違ってしまう。慈英の活動状況については、身内の照映よりも日本での窓口になっている朱斗が詳しいためそう問いかければ、朱斗はけろりとした顔で言った。

「あれ？　言わんかったっけ。もうすぐ秀島さん、戻ってくるよ」

「え、ほんと？　また個展とかあるのかな」

先日、絵を借り受けた御礼に国際電話をかけた際、そんな話は聞かなかった。なにか催しがあるなら、新刊に告知フライヤーを挟みこむ程度の協力はできるかもしれない――などと未紘が考えていれば、朱斗は思いも寄らない爆弾を投げてよこす。

「いや、そうやなくて。ほんとに、帰国するって」

「え？」

「だから、秀島さん。ニューヨークのアトリエ引きあげて、日本に帰ってくるって」

次の瞬間、未紘は耳をつんざくような悲鳴をあげ、朱斗は、しばらく耳が痛かった……と、ひとしきり文句を言っていた。

＊　＊　＊

その日の夜、朱斗が帰ったのと入れ違うように帰宅した照映を捕まえ、未紘は興奮気味に問いかけた。

「照映さん、知ってた⁉　秀島さん帰ってくるって！」

「あ？　ああ、慈英な。そういえば、なんかそんなようなこと言ってたな」

だがこちらもなんだかテンションはさほど高くなく、自分だけが驚いているのかといぶかしくなる。

「そんなようなこと、って、結構大変なことだと思うんだけど……」

「いや、逆におまえはなんで、そんなにトピックス扱いだよ」

「だって、……これで小山さん、やっと一緒にいられるんじゃ、ないの」

法的な意味でも結ばれたとたん、飛行機でほぼ一日はかかる距離に離ればなれになっていたふたりが、どれくらい互いを思っているのか未紘はよく知っている。だからこそ、喜ばしいことだと考えていたのだが、あまりに淡々としている照映に、言葉が尻つぼみになっていく。

「まあ、その話はさておき、腹減ったんだが」

「あ、ごめん。ご飯できてます」

二週間の療養生活も折り返し、起きていられる時間が長くなってきたと同時に暇を持てあました未紘は、いい機会だからと料理に挑戦してみた。

未紘の会社でもレシピ本などを出してもいるが、最近はちょっと検索すれば『料理が苦手なひとでも安心』というお墨付きの、簡単かつうまい料理のレシピが山ほど転がっている。

市井の料理研究家たちが、市販の調味料をうまく使って開発した時短料理は、未紘でも問題なく作ることができるようだった。

「今日はなに作った？」

「ナス餃子《ギョウザ》と、なんちゃって中華風スープ。あとサラダ」

「またえらい手のこんだのを……」

「そうでもないよ？　用意しとくから、着替えてきたら」

楽しみだ、と笑う照映の広い背中を見送って、未紘は台所へ立つ。

餃子の皮の代わりに、薄切りにして塩水に漬け、やわらかくしたナスで肉だねを包むこの料理は多少の手間はかかるが、時間さえあればそう難しいわけではない。

スープにしても野菜を煮て中華調味料で味を調え、卵を溶きいれたらできあがり。朱斗が訪ねてくるまえには仕込みも終わっていたので、あとはスープを温め直し、ナス餃子を焼くだけだ。

「お、うまそう」

「ご飯も土鍋で炊いた。うまくいったと思う」

「……ほんとにやりだすと、とことんだな」

つい一週間前まで、ほとんどコンビニ飯か照映に作ってもらうばかりだったのに、と彼は目をまるくするが、仕事も、それを思いだすから本を読むのもセーブするように言われて、ほかにやることがなければこうなる。

「まあ、いまのうちだからっていうのと、あと、やっぱおれも料理覚えんとなあって」

蒸し焼きにする。

「どういう風の吹き回しだよ」

いい音を立ててナス餃子が焼ける。破けないよう気をつけながらひっくり返し、蓋《ふた》をして

「今回はおれが倒れたけど、逆のパターンもないわけじゃないでしょうが」

「まあ、そりゃな」

言うより早く照映が大ぶりな皿を出してきて、ちょうど焼けたそれを盛りつけるのは彼にまかせた。芸術家肌の男は、未紘の作った若干不揃《ふぞろ》いな焼き料理を、見事に美味しそうに盛ってみせる。

その横でスープと、それから土鍋で炊いたご飯もよそって千切りレタスのサラダと一緒にテーブルに運べば、まあまあ見栄えも悪くない夕食の席になった。

「んじゃいただきます」

「はいどうぞ。一応下味ついてるけど、好みでポン酢とか醬油《しょうゆ》とかつけて」

「まずは、そのまま食うか。……うん、うまい」

照映はきれいな箸使いで、大ぶりなナス餃子を口に運ぶ。未紘も倣ってがぶりと嚙みつくと、ナスのみずみずしさに肉だねの汁が混じって、さっぱりしているのに濃厚な味わいだ。

「まだ胃に負担になるんで、ニンニクとかニラとかはいれてない。その代わり、キャベツと椎茸《しいたけ》刻んで多めに混ぜてる」

「なるほどな、あっさりしてる」

「ご飯も美味しく炊けたなあ」

しっかりと噛みしめて食べていれば、照映がふっと笑う。「なに」と問うと「すっかり食欲戻ったな」と安堵したように息をついていた。

「ご心配をおかけしました」

「顔色もいいし、こんなめんどくせえ料理作る程度には暇を感じるってことは、元気な証拠だろうしな」

「……ほんとに暇なんで」

それでもやはり、療養生活最初の数日は、絶食から減食、そして薬の影響に過労もあって、未紘は寝るだけ寝っぱなしだった。その間、目のまえの男がどれだけ心配していたか、わからないわけもない。

すこしばかり旗色の悪い話題を変えたくて、「そうだ」と未紘はさきほどの話を蒸し返した。

「照映さん、なんか慈英さんたちのこと、微妙な感じに言ってたけど。あれどういうこと?」

かなり気にいったらしく、けっこうな勢いでナス餃子を消費していた照映は、いったん箸を止めてちいさく唸った。

「ああ……んー」

「あ、なんか言いにくいなら……」

自分の知らない事情でもあるならばと未紘が慌てれば「そういうことじゃねえよ」と照映は苦笑した。

「ただ、おまえ言っただろ。『やっと一緒にいられるんじゃ』って」

それがどうかしたのか。当然の話ではないのかと目をしばたたかせれば、照映はまた唸る。

「あー、一緒にっつうか、日本に戻ってもあいつら、遠距離状態は変わらんらしい」

「え……？」

「おまえもわかるだろ、海外であれだけ派手に活動した慈英が、日本に戻ってきて仕事するとなりゃあ、どこが拠点になるか」

「……東京？」

未紘は眉を寄せ、言うまでもない話だと唇を結んだ。文化的な活動やそれに携わる仕事を日本でする場合、制作だけならばどこに住もうがかまわないけれど、催しやそれを運営する会社のたぐい、そして肝心の会場なども、都内に集中している。

「帰国するって……そういえば、エージェント契約は、いったい」

「そのまま継続だとよ。アインはあっちとこっち行き来しいしい、慈英の凱旋《がいせん》をぶちあげるって言ってるらしい」

ならばますます、東京を中心とした活動になるのは間違いないだろう。日本人離れした長身に、整った顔だちの逆輸入アーティスト。おそらくメディア関係にも、仕掛けをしていくつもりに違いない。

「おまえなら、そういうメディアへの売りこみに関しては想像つくだろ」

「まあ……部署は違うけど、大体は」

総合出版社につとめているうえ、コラボレーションや原作の映像化などで、いわゆるテレビメディアやマスコミ関係についてのこともある程度は把握している。そして幾度か顔をあわせたことのある慈英のエージェント、アイン・ブラックマンは、じつに『派手な仕掛けと売りこみ』が得意であるし、そういうやり方を好む女性だ。

「テレビ……とか、ばんばん使っていきそう」

「たぶんな。ネットのほうも利用する気らしい。そんなこんなで、持ち家は長野にあっても、実質的には、こっちでセカンドハウス持つしかないだろうってよ」

めでたしめでたし、というにはいささか事情がややこしいらしい。思いいたらなかった自分がちょっと浮き足だっていたようで、未紘はわずかに鼻白んだ。

「まあ、それでも新幹線で数時間だ、いままでに比べりゃマシだろうがな」

「そっかあ……」

未紘は、なんともいえない気分を卵とネギのスープで飲みくだす。くたくたに煮えたネギはあまみがあって、溶きいれ半熟に仕上げた卵とあわさって、やさしい味わいだ。

「あとはまあ……あのトラブル体質どもが久々に一緒にいるとなりゃ、またなんか起きるんじゃねえかと」

「いや、不穏なこと言うのやめましょうよ。言霊《ことだま》ってあるよ」

しかつめらしく言えば「言葉扱ってる仕事のおまえが言うと重いな」と、照映も神妙な顔になる。

「まあ、どっちにしろあいつらのことはあいつらのことだ、自分たちでなんとかするだろ」

「うん……そうか」

未紘が気を揉《も》んだところで、それこそいらぬ世話になりかねない。変にはしゃいだ自分が恥ずかしくなってうつむくと、「ありがとうな」と頭を撫でられる。

「え、ありがとうってなに」

「そりゃ、夕飯美味《うま》かったから？」

ごちそうさん、と言って照映は食べ終えた皿を片づけはじめる。だが逃げを許さずじっと見つめる未紘に、苦笑いした彼は結局、本音を漏らした。

「あとまあ……あいつらのこと、気にかけてくれてるから、ありがてえよ」

「いや、そりゃ、おれの知りあいでもあるし」

友人、というにはすこし距離がある。仕事相手でもあり、そして恋人の身内でもある慈英については、未紘自身どういう位置に心を置いておけばいいのか、迷うところがある。

「おれは……やっぱり、知ってるひとはみんな、幸せであってほしいなって思うから」

流しに並んで、照映が洗った皿を引き取り、拭《ふ》いていく。食事の片づけは、体調が悪かったりしない限りは、作って貰ったほうがやる。一緒に暮らしだしたときから決めた役割分担は、この数日でやっと逆転した。

「そう思えるのは、おまえに余裕があるからかもなあ」

「余裕あったら、胃とか壊さんと思うんだけども……」

未紘が眉を寄せると「まあ今回はな」と照映も苦笑する。

「そういうことじゃなくて、……なんつーんだろうな。基本的に未紘はちゃんとってのも変だが、幸せであることに自覚的だろう」

「え、うん。基本的に。おれは運もいいし、いいご縁に恵まれてるから」

「……それをそうと感じ取るのは、なかなかむずかしいもんなんだがな。……ほい、終わり」

あたたかな目で微笑んだ照映が、洗い物の最後の皿を手渡してくる。拭き上げながら「そうかな」と首をかしげていた未紘のうなじを、大きな手がそっと摑んだ。

「え、なに……」

そのまま後頭部を押さえられて、いきなりのキスが落とされる。驚いて落っことしそうになった皿は、ぬかりなく恋人がちゃんと取りあげ、シンクの横にそっと置いた。

「な、な、なに」

「おまえ、いまさらこんなんで照れるこたないだろう」

「いや、だっ……ど、どんだけぶりだと⁉」

　先日寝オチしてから以来で、おそらく――一ヶ月できかないような気がする。そしてそれ以前にも、この手の接触は本当に減っていて、それもしかも皿洗い中などという日常のどまんなかにぶちこまれれば、テンパりもしよう。

　だってもう照映の大きな手は未紘の腰を抱いているし、年齢を経てますます渋くかっこよくなった野性味溢れる男前が、のしかかるように顔を近づけてきている。

「待って待って待って待って」

「なにをだ」

「いやあのおれ病みあがりですしまだそういうのは」

「ピンシャンして暇でそろそろ運動でもしたいとか言ってたんだろうが」

　なぜ知っていると目を瞠《みは》れば「朱斗くんからメッセ来てた」とスマホを取りだし、メッセージアプリの画面を見せてくる。

【アノヒトちゃんと大人しくさせせんと、また無茶しますよ。頑張って手綱握ってくださいね】

　暇だ暇だとぼやく未紘に危機感を覚えたのか、保護者にご注進あそばしたらしい。

（よけいなこと言って……っ）

　おかげで完全に追いつめられ、どうしたらいいかわからない。照映のスマホを両手で握りしめたままだらだらと冷や汗を掻いていれば「はー……」とわざとらしいため息をついた照映が、いきなり腰を摑んできた。

「えっ……え、うそ、えええええ！」

嘘だろう、と思うよりさきに爪先《つまさき》が宙に浮き、ほとんど肩に担ぐように抱きかかえられたのだと知る。

「ちょっとちょっと照映さんこれは、これはない、これはない！」

「うるせえなあ、ったく……」

「ぎゃぅ！」

べちんと尻をたたかれ、色気のない声をあげる未紘を抱えたまま、照映はすたすたと長い脚で自室へ向かった。大柄な彼の使うにふさわしい、キングサイズのベッドへと、あっさり未紘を転がし、のしかかってきた。

「あの……マジですか」

「おまえが考えこむとめんどくせえからもう、黙って好きにさせろ」

「いやだから、待って、あのおれちょっとまえに血ぃ吐いたわけでね⁉」

「あんだけ食えればもう胃はふさがってってだろ」

ナス餃子作りすぎて食べすぎた。などと後悔しても遅い。見あげたさき、口調だけは軽いけれども照映の目つきは鋭く、ぞくりとしたものを覚えて肌が震えた。

「心配はしたし、あまやかしてもやったが、それはそれ」

「でででででも、ほんとあの、待って」

うろたえまくる未紘の両脇には、縫い止めるかのように照映の太い腕がつかれている。あげく「今度は寝オチは許す気はねえぞ」と睨まれ、冷や汗がだらだらと流れた。

「なにをいまさら」

いまさらではない。というか心の準備ができない。

（だってだってだって無理なにこれ恥ずかしい）

物理心理両面で逃げ場をふさがれた未紘のできることといえば、ガードのために胸の前でクロスした手を強く握ることと、ぎゅっと目をつぶってわめくことくらいだ。

「ていうかどんだけぶりだと思ってんの⁉　下手すると年単位ですよ⁉　セックスのしかたなんか、もう忘れたよ！」

「いや、忘れんなよおまえ、大事なことだろうが」

はあ、とため息をついて、かたくなにシャツの襟《えり》を握りしめた未紘に、照映はなんともつかない顔をした。

「そもそも、ご無沙汰《ぶさた》になったのは誰のせいだ」

「うっ」

「なんだかんだ、ここずっと修羅場ってるから遠慮してたら、すっかりなんにもねえのが定番になりやがって」

「うう……」

「慈英たちみたいな万年新婚とは言わんが、おれはただの同居人になった覚えはねえぞ？　この間、指輪のサイズはかったの忘れたとは言わんだろ」

「覚えております……」

つめよられ、逃げ場がない。というかなんとなくとてつもなく、いやな予感——いや、厳密には『イヤ』なわけではないので語弊がある。ただとにかく、恥ずかしいことを言われて恥ずかしい目に遭う予感が、ひしひしとする。

「けどでも、だって、心の準備が……」

往生際悪くもだもだと言えば、照映はもうあきらかに、うんざりした顔を隠さなくなった。

本当に申し訳ない。おかげでよけい、身の置き所がない。

「……おまえ、はじめてのときより面倒くせえことになってるぞ」

なあ、と頬をつつかれなお恥ずかしい。三十男の羞恥《しゅうち》など需要も萌《も》えもなにもなかろう。

わかっているからこそ未紘は悶《もだ》える。

「わかってるよ！　けどそれこそ、あのころみたいに若くないからっ」

最初に照映に抱かれたとき、まだ未紘は二十歳にもなっていなくて、肌だってぴかぴかのつるつるだった。なにもしなくても若さの漲《みなぎ》る張り艶があっただろう。

しかし現在、未紘はもう三十代もなかばだ。さすがにまだ中年太りとは言わないけれど、不規則な生活と不摂生で肌は荒れたし、体力作りのジムにもろくに通えていなくて、なんとなくもしかしたら腹のあたりがだらしなくなったんじゃないかという危惧もある。

「ていうか照映さんが言ったんでしょうが、三十すぎって」

「……うん？」

「最近ほんと色々あの……気を配れてなくてですね。せめて灯《あか》り消してほしい……」

さすがに情けないことを暴露する気にはなれず、もごもごと口ごもれば、察しの悪くない男は「ああ」と変に納得したような声をだした。

「なるほどな、この辺とかか」

言って、いきなり気になっていた腹部をむにりとつままれた。未紘は悲鳴すら出ないまま固まる。もにもにとひとの腹を軽く揉んだ照映は「んー」と首をかしげた。

「さっき食ったばっかだからちょっと胃は出てるし、肉質はやわくなってっけど、腹が出てるってほどじゃねえだろ」

「……デリカシーという！　言葉を！　知ってください！」

わっと両手で顔を覆って、未紘はダンゴムシのようにまるくなった。けれど豪毅《ごうき》な男は容赦なく、それこそ中高年と言われる歳のクセして、服の上からもわかるみっちりした筋肉にほどよい脂肪しか乗っていない、つまりは大変仕上がった身体でのしかかってくる。

「おれぁ慈英みたいな面食いじゃねえからな。おまえが多少老けてもふつうに可愛いと思うぞ」

「……それはそれでなんかいやだ……」

「冗談だ、冗談」

軽くいなされつつ、目尻のきわを乾いた指でなぞられ、くすぐったさに未紘は目を細めた。

そしてこういうとき、にやにやしながらさらに追いこんでくるのが照映という男なのだ。

「よく見ると、笑いじわできはじめてんだよなあ、ここ」

「うそでしょ!?」

「いやマジで。いいだろうが、いつもニコニコしてきたってことだろう」

言葉のとおり、ただただ慈しむように皮膚を撫でられ、未紘はどんな顔をすればいいのかわからない。愛《め》でられる、という感覚をこの男に教えられて長い。けれどその意味が、情が、年々深まり滋味を増していると感じるのは、けして都合のいい思いこみではないのだろう。

「おまえはかわいいよ。ずっとな」

笑いながら、突然そんなことを言う。その笑みに揶揄や意地悪い意図がないと見て取れるから、未紘も観念して手足のちからを抜いた。

「もうかわいいって言われるトシと違うと思う……」

「おれの主観の問題だから、否定されるいわれはねえよ」

「へりくつ」

「かたくな」

軽口をたたき合いながら、覆いかぶさってくるおおきな身体を受け止める。結局、照映には身長も体格も追いつくことはなく、こうして抱かれれば胸にすっぽりとおさまってしまうままだ。幼い子どもに戻ったようで、すこしだけ複雑で――でも、この歳になって、なんのわだかまりもなくあまえていい相手がいるのが、どれほど幸福なのか、いやと言うほど思い知っている。

「……老けたのに？」

「いっしょに歳食ってんだから老けるだろうよそりゃあ」

そこは老けてないとか変わってないとか言うところではないのか。べつに女性ではないからいいけれど。じっとりと睨めば、喉奥を鳴らした照映がおおきな手で頬を撫でてくる。

「いっしょに……かあ」

「なんだ、不服か」

「じゃなくて、なんだろうな、変な感じっていうか……うん」

やさしく撫でていた手が、すこし色を変えた。この会話中にか、とすこし驚き、相変わらずスイッチの入る瞬間がよくわからないなとも思う。だが、ぐずりはしたけれど未紘も正直、その気だ。服を脱がす手に、静かに協力しながら、逞《たくま》しい首に腕をまわす。

「たぶんだけども、こんなに長く続くとか、おれも照映さんも考えたことなかった気がする」

「おい、そりゃどういう意味だ」

あきれたような声を出してみせながら、たぶん照映もわかっている。証拠に、目の奥が面白がっているとわかる光を放って、こちらを眺めていた。

「いや……なんか、安心してたなあと思って、ずっと」

「若いころは色々ぐるぐるしてたみてぇだったけど？」

「まあそりゃしますよ。しなかったら変でしょ。……じゃなくて」

手を伸ばし、なめらかに張りつめた頬をさわる。照映こそ笑いじわが増えているなあと、さきほど自分を撫でたのとそっくり同じ手つきで目尻をさする。

もちろん未紘のいままでの人生で、大変なことはたくさんあった。今回のように仕事絡みで振りまわされるのはしょっちゅう、社内社外問わず、人間関係ではもっと苦い経験もしたし、後味の悪い思いをしたのも一度や二度ではない。

けれどそうして七転八倒する間に、果たして照映との関係で行き詰まったり悩んだことがあったのか……と振り返れば、これがあきれるほどに、ないのだ。

恋をして、受けいれてもらって、大きな身体に見合った安定した情緒で、いっそ無邪気なくらいに、大事に愛されてきてしまった。

「なんか、いつまで、とか、このさき、とか、考えるまえに照映さんがいた感じかも」

それがどれほど希有《けう》なことか、わからないわけがない。とんでもないひとを捕まえてしまったのだなあと、たまに思う。自分のどこがいいのだろうと、不思議にもなる。けれど疑わないし、疑えない。自分を卑下することは、これだけ大事にしてくれる照映に失礼なので、してはならないと、未紘は自分をそう戒めている。

「そういうあたりまえ、は……すごいなって思うよ」

「ふうん？」

生返事をしながら照映が首筋を噛んできた。「あ、こら」と未紘は背筋に走るものを覚えて胸をそらす。

「ひ、ひとが、まじめに話してるのに」

「やりながらでもできるだろ」

「もう！」

こういう強引さと人の話を聞かないところは、むかしから変わらない。本当は誰より機微に聡《さと》いくせして、わざと切り離してしまえるところも、それが照映の強さであることも、知っている。

（まったく）

無意識だろうけれど、あちこち悪戯《いたずら》を仕掛けてくる手はずっと、未紘の腰から腹をやさしくさすっている。まだ完全に復調しきれなかったころ、夜半にうなされ、痛みに呻《うめ》いて冷たい汗をかくたび、この手にあたためてもらっていた。

心配はいらないと言葉でなく告げるために、自分よりひとまわりも大きな手のうえから、そっと握りしめる。すぐに唇が重なってきて、ついばんでくる口元にはひさしぶりの感触があった。

「……ふふふ」

「なんだよ」

「鬚《ひげ》。ちくちくするんだった、そういえば」

慣れてなじんだ、照映のキス。けれどそれを「思いだす」程度には時間が空いてしまっていた。くすぐったいのは実際の体感だけではなく、改まって恋人の存在を意識している自分自身もであったけれど、すこしばかり照映には不服だったらしい。

「それだけ安心させられたってのは、いいことかもしれねえけど、なあ未紘」

「ん、はい？」

「男として意識もされないようじゃあ、さすがに困る」

言うなり、今度は本気で唇に噛みつかれた。比喩でなく、下唇を噛んで引っ張られ、強引に開かされた隙間に舌が滑りこんでくる。目を瞠ったままそれを受けいれ、それでもやっぱり未紘はすこし、笑ってしまった。

「……おい、今度はなんだ」

「ご、ごめん。……餃子、ニンニクいれなくてよかったって思っちゃって」

「おまえほんっと……」

深々とため息をついた照映に「あの、ほんとごめん」と止まらない笑いで腹筋をひくつかせながら、未紘は片腕で顔を覆った。

怒るか、あきれるかと思っていた照映は、その手をそっと握って「わかってっから」と苦笑する。

「緊張してるからって、変な方向に茶化すのやめろ」

「……ばれてた？」

「こんだけ震えてりゃな。……笑ってんのも、そのせいだろ」

全身の震えが、小刻みな笑いのせいではなく逆だと、見抜かれてよけいに恥ずかしかった。けれど自分でもすこしおかしくて、どうしたらいいのかわからずにいると、照映の重たい身体がゆっくりのしかかってくる。

(手が、……大きいな、ほんと)

未紘と照映の身長差は結局、二十センチ弱から埋まることはなかった。そもそも身体のパーツそのものの差も激しい。いやというほど見慣れた長い指と広い手のひら。若いころは未紘の腰を両手で摑めば指のさきがふれそうだと言われた。

仕事での運動不足を気にして、それなりに身体は作ってきたし、さすがに近年はそんなことを言われるほどぺらぺらな身体ではなかったのだけれど――。

「……やっぱ痩せたぞおまえ。またこんなだ」

「あらら」

「あらら、じゃねえよ」

不健康な痩せかたに、色気より心配のまさる言葉がため息とともに落ちてくる。両手で確かめるように体側を撫でられ、無意識だろうけれども寄せられた眉へ、未紘は手を伸ばした。

「萎《な》える？」

「わけあるか、アホ」

くすくすと笑いながら言えば、咎《とが》めるように頬を囓られた。これは愛撫《あいぶ》ではなくはっきり仕置きだとわかる痛みがあって、「痛い」と未紘はますます笑った。そうしてわななく身体を、逞しい腕が抱きこんでくる。

「いやならこのまま寝てもいいぞ」

「や、やじゃ……ないんだよ。ないんだけど」

今度こそごまかせずに声が震える。ぎゅっとしがみついた広い胸の、力強い鼓動にどぎまぎする。笑っていた顔が、情けなく歪《ゆが》んだ、涙がにじむ。情緒がなにもコントロールできず、浅い息を漏らして未紘は告げた。

「ごめん、なんか変とかでも、笑《わろ》うたり、幻滅せんでね……」

ひさしぶりの訛《なま》りとともにぽろりと漏れたようやくの本音は、涙声になっていた。目尻にやさしく口づけてきた男は「ばか」とこれ以上なくやさしくささやく。

「……笑うかよ。こんなかわいいのに」

今度はもう、雑《ま》ぜ返すことなどできなかった。ただ胸がぐっと痛んで、たまらなくて、未紘から抱きついて唇をせがむ。

（ああ、また、好きになった）

このいま、自分を抱きしめてくる男に改めて落とされたと、すこし悔しく思いながらも、嬉しくてたまらなかった。

恋の寿命は、実際にはそう長くはなくて、保って三年だとか聞いたことがある。

未紘もそれは、わからなくはない。出会ったころのような、焦げつきそうにひりひりした熱の高い感情と、いま自分が照映に向けているものとでは、おそらく決定的なまでの違いがあると思う。

闇雲に照映を好きで好きで憧れて、追いつきたくてこっちを見てほしくて、ただただ必死だったあのころの恋。

お互いをじっくり見つめ、相手と自分の弱さも欠点も知り、知られたうえでなお、手をとりあい過ごしてきたからこその、いまの愛情。

どちらがいいとか深いとかではなく、もう別物と言えるほど『ただ、違う』。未紘はかつての自分の青さをすこし恥ずかしく、懐かしく慈しみながら、いまを肯定している。

そして、お互いがいることに慣れてゆるみそうになったとき、しっかりと照映は未紘の心を引き戻してしまう。

「照映さん、あのね」

「ん？」

「……好いとうよ？」

言いたくて、でも照れくさくてわざと方言に戻して告げれば、照映は喉奥で笑いながら「だから、あざとい」と鼻をつまんでくる。

「んぎゅっ」

「そのままにしてろよ。ちゃんと愛してやるから」

そうしてにいっと笑う男くさい顔に、心臓を撃ち抜かれて腰が砕けた。むろん、その隙を見逃す照映ではなく、本気のキスですかさず襲いかかってきて、今度こそ雑念のはいる余地もなく貪《むさぼ》られる。

「んん……っ！」

逃げるように泳いだ舌はすぐにとらえられ、軽く歯に挟んで引きずりだされて吸いつかれる。あえいで浮いた腰からボトムと下着を引き下ろされて、焦るよりはやく剝き出しの脚にふれられた。

「んっんぅ、んんん……っぁ、や、やっ」

「いや、は聞かねえよ」

「そこ、だめ、うあ……っ」

「だめもなしだ」

いちいち却下されながら、頬に、耳に、首筋にと唇を押しつけられていく。きつくは吸わない。痕を残して悦に入るような真似をする歳でもないと照映はよく言う。けれどそのわりには噛み癖があって、数日残るような歯形をつけてきたりする。

いまもそうだ。服を剝《は》ぎとられた未紘の肩に、腕に――腹にも脚にも、歯を立ててくる。痛みはなく、歯のさきでやわらかに肌をこそぐようなそれは、獣の甘噛みのようなやさしさと激しさが同居していて、未紘の身体をぞくぞくと震わせた。

「ん、ん……っ」

身をよじって肩をすくめると、その動きを利用されて乱れていたシャツを完全に剝ぎとられた。うわ、とちいさく声が漏れて、くすりと笑った照映が肩にも唇を押しあててくる。やわらかい唇と、ざらりとする鬚の感触、硬質な歯の食いこむかすかな痛みが同時に襲ってきて体感が混乱する。おまけに器用な手のひらは、筋肉のあまりつかない胸を這《は》い、さきほどからかうためにつまんできたのとはまるで意味も意図も違う手つきで、薄い肉を寄せるようにやんわりと揉んですらくる。

「ふ……う、あ、あ」

きゅう、と胸の皮膚が突っ張るような感覚があった。まだふれられていないというのに、彼の手に性感を育てられた乳首がもう、期待して硬く強張《こわば》っている。心臓は早鐘を打ち出して、じわじわり、体温があがって汗が滲《にじ》む。

「あ!」

ゆっくりと周辺を撫でながら近づいてきた硬い指が、そろりと強張ったところに触れた。胸の先と下半身と同時で、短い声をあげて身を縮め、反射的に逃げを打った身体が「こら」という声とともに背後から抱きしめられて引き戻される。

「おれはさっき、選択肢はやったぞ。それでもやめねえっつったんだから、逃げんな」

「ご、ごめ、……っ、あ、あう、あ……っ」

ちいさく丸まろうとする身体の隙間に手をこじいれてきて、すこし強引にいじられる。未紘の身体のなかで、皮膚とは違う色をした敏感な箇所を同時に、丁寧に、やさしく淫蕩《いんとう》に。

「あー……う、ん、んん……っ」

「……いい?」

「ん、い……きも、ちい」

耳のうしろにひたりと唇をつけたままささやかれ、頭が溶けそうだと思った。ぴったりと照映の手を挟みこんで閉じていた腿《もも》が次第にゆるみ、腰が勝手にくねりだす。大きな手で乳首ごと押しつぶされ、マッサージでもするかのように揉み押される薄い胸に酸素が足りず、肺を拡げるため仰け反《のぞ》って息を吸うと、胸から這いあがった手が首筋を包み、脈打つ血管をかすめるように撫でてきた。

「あう、ん」

急所をさわられている。怖いけれど、こわくない。ぞくぞくしながら背後の男に肌をこすりつけるようにあまえれば、腿の片方を持ちあげられ、硬いものを尻に押しつけられた。

「いれてえんだけど……今日、いけるか」

「……う、ん」

「無理なら口か手でいい」

欲情を隠さずストレートに問われて、未紘はふるりと震え、肩越しに振り返った。言葉で煽《あお》っているだけではなく、パートナーとしての大事な意思確認だ。

目があって、そのままキスをする。ついばむだけのやさしい口づけは、未紘の様子をうかがうためでもあるとわかる。

「いれて、いいです」

「けどひさしぶりすぎじゃ――」

案じる照映の手を取って、うしろに触れさせる。どうしてこんなに震えているのかは、たぶんさわってもらったほうがわかるだろう。

身体の奥、照映しか知らない、未紘自身すら触れたことのない奥を暴き、性器へと変えた本人が驚いた声を出す。

「……おまえ、これ」

「なんか……そろそろかな、と、思って、準備してた……」

これを言うのが、今日のこの時間のなかでいちばん恥ずかしかった。年単位で久々で、取り乱すくらいに羞《は》じらってぐずっていたくせに、身体の用意だけは済ませている自分は滑稽だと思う。

だが逆に、これを知られるのがいちばん怖かったとも思う。そして照映は、あやまたず未紘の内心を読んでしまうのだ。

「おまえ、グダグダ言ったのはそれでかよ」

「……さすがにこう……準備万端ですって自分から言うのもと……」

ちいさく吹きだして、「こっち向け」と正面から抱きしめ直された。顔が見られない、恥ずかしいとうつむいていれば、この男にはあまったるすぎるような仕種《しぐさ》で額に唇を押しあてられた。

「ただ、食事のあと風呂はいって気分的に準備したかったのに、だって、照映さんがいきなり、さ、誘うから、だから」

「ハイハイわかったわかった、おれが悪かった、恥ずかしかったな」

よしよーし、と犬でもなだめるように頭を撫でられ、腹が立つのにこの腕から逃げられない。うなりながらさきほど口づけられた額を、まだ着衣のままの胸にぶつけてぐりぐりとこすりつけてやる。

「……もう脱いで」

「ハイハイ」

「はいは一回！」

「っはっは！」

ゲラゲラと笑いながら、照映は着ていたカットソーをあっさりと脱いでみせる。衣服越しでも本当にいい身体をしていると思ったが、じかに見る漲った体軀は、直視するのがためらわれるほどだった。

「おまえ、自分で脱げっつっといて目ぇそらすなよ失礼な」

「照映さんがえっちな身体してんのが悪いと思う……」

「えっちて」

また照映は吹きだして、「おまえとやるときは笑ってばっかな気がする」と、目を細めて喉奥を震わせている。

——笑いながらやったことなんかねえぞ、おれは。すげえな未紘。

ひどく懐かしい記憶がよみがえって、なんだか複雑になった。

「笑わせるつもり、べつにないけど……」

「知ってるよ。……まあ、だから、いい」

あっさりと下半身の着衣も放り投げた照映が、今度こそ話は終わりと身体を重ねてくる。

「なにがどうだろうと、おまえがかわいくて笑っちまうんだから、それはおれが悪い」

「……悪いっていうかずるいと思う！」

「知らんわ」

膨らんだ未紘の頬をでかい手で挟んで潰し、わざとぶちゅうと音をたてて口づけてくる。

そっちこそ笑わせようとしているじゃないかと思いながら、隔てるもののなくなった身体のぜんぶを味わおうと、未紘もみずから脚を絡めた。当然、隠せない欲望同士がひたりと密着し、腰の奥に疼《うず》きが走る。

「照映さんも、……え、もう？　なんもしてない……」

「どっちがここに連れこんだのか忘れてんじゃねえよ」

声は笑っている。けれど顔はすこしも笑っていなくて、どちらかといえば怒っているかのような険しさがあった。欲されて余裕のなくなった男の顔、未紘のいちばん好きな照映の表情のひとつだ。

「どんくらいいした？」

「ん……たぶん、濡《ぬ》らせば、すぐいける」

耳をかじりながら確認されて、期待に昂《たか》ぶったものをお互いに押しつけるために腰を揺すりあう。もう、きょうは即物的なそれでいい。さきほどまでに貰った言葉といま肌に伝わってくる彼の欲情だけで、前戯は充分すぎる。

「きつかったら言え」

「うん……っ」

定位置にあるローションを引っ張りだし、照映は一瞬『新品のそれが封を切ってあること』にも、なにか言いたげな顔をした。けれど、耳まで紅くなった未紘の唇が噛みしめられているのに気づいて、無言のままやわらかくキスだけを繰り返す。

（うあ……指、きた）

濡れたそれが忍んでくる。もう何度も繰り返した手順。それでもきょうは未紘がさきに下ごしらえをしてあるから、ほとんど濡らしなおして確認するためのような手つきだった。一本、二本、ゆっくりと太く長い指を挿入されて、ねじるような動きで全体を濡らされ、挿入口のやわらかさをたしかめられる。

「んん、うぁ、そこ、や……っ」

ざらついた硬質な指の腹で、弱いところをさすってつまれた。長いこと彼に抱かれたおかげで、未紘の弱点はすっかり膨らんで、指でつまめるくらいに大きくなってしまっている。こりこりと指で転がすようにされると粘膜越しに滑って動くから、逃がさないよう二本の指で挟んできゅうっと締められ、爪先から脳まで一気に、強烈な快感が走った。

「ひ、い……っいや、あ、あぁ、あ、あ」

「やじゃねえだろ、好きだろこれ」

「い……けど、すき、だけど、すぐいく、からっ」

さすがにまだ連戦するほどの体力は戻っていない。途中でへばって照映に我慢させたくもないと、未紘は広い背中に盛りあがる肩甲骨を摑んで爪を立てる。

「もう、いれて、……もたん、から」

「……ん」

滲んだ目尻に口づけて、照映が手早くスキンを装着した。きょうはつけるのか、とがっかりした顔になるのが見えたのだろう、「それはいろいろ余裕あるときな」と額を軽くぶつけられる。

（滅多に、生でせんくせに）

見た目は野性味溢れる男前で、言動もおおざっぱに見せかけるけれど、誰よりやさしい照映は基本的にこの手のことでマナー違反をすることがない。年齢差からくる余裕もあるのだろうと思う。たまには滅茶苦茶にされてもいいとは思うけれど、基本的に彼のやさしい抱き方が、未紘も好きだ。

「いいな?」

「ん、きて、……ん、ん……っ」

「息、つめんな」

脚を抱えられ、腹を撫でられて、目を見つめながら挿入される。すこしの顔色も見逃さないようにと、強い視線を向けられるのはいつもだ。大事に、大事に抱いてもらってきて、だから未紘はこの、ある種身体の構造を無視したセックスで体調を崩したことがほとんどない。

それこそ『双方に余裕があって』、羽目を外して腰が立たなくなったことはあるけれど、それ以外ではいつだって、恋人と抱きあうことは交歓の言葉どおり喜びであり、あまい快楽で溺《おぼ》れさせてくれる時間だ。

「……っ、あ、あ、う……っ奥ぅ……」

どちらかと言えば小柄な未紘のなかは狭くて、照映のペニスではすぐにいっぱいになってしまう。まだ慣れないころは、ぜんぶがはいりきれないことものままあって、申し訳なく思ったり、すこし落ちこんだりもした。

けれどいまはもう、この身体は彼のためだけに形を変えてきたから、いつだってあまく、全身で包んでやれる。

「あー……くそ、いい」

「ん、ふふ」

すべてをおさめきった照映が、ぶるりと震えて息をつく。逞しい腕から汗が伝って、それを摑んだ未紘の手を滑らせたから、両腕を伸ばし首にまわしてしがみついた。

「未紘は？　痛くねえか」

「ん、きもちいい……っ、ん、い、いい、……そこ……」

汗ばんだ頬をこすりつけあいながら、徐々に身体を揺らしていく。それは次第に抜き差しの動きになって、ストロークは長く、速く、変化する。

「ああ、ん、あっあっあっ、あっあっ！」

音を立てて腰を突き入れられるたび、勝手に声が出てうわずった。シーツをくしゃくしゃにしていた足先は、深く奥を求められるたび浮きあがって、気づけば照映の腰に絡みつき、必死に揺すられるのに動きをあわせていた。

（ああ、開く、開く、おっきいのが奥、ついてる……）

重たいくらいの突きに、腰が崩れていくようだった。ローションに濡れてみっちりと男のものに絡みつく粘液が、嬉しそうに震えてあまい官能をすすりあげる。腿が勝手に痙攣し、照映の腰骨を挟んで、汗をなするように悶え蠢《うごめ》いた。

「あっ、アッ！　そ、そっち、やだ、いっしょ、だめ」

「だめじゃねえだろ」

耳を舐《な》めながら、さきほど指でとがらされていた乳首をまた、両方一緒につねられる。がくん！　と揺れた身体を見おろすように上体をあげた照映が、腰だけの動きで未紘の奥をいじめながら、激しい呼吸に上下する胸を手のひらいっぱいで嬲《なぶ》ってくる。薄い肉を集めるよ

うにして、未成熟な少女程度に薄く盛りあがったそこに指を浅く埋め、手のひらのくぼみでびりびりする胸の先をこする。

「ああああああっ」

かと思えば、乳首へのあまい刺激でちからが抜け、だらしなく開いてしまった脚の間で揺れる未紘のペニスを大きな手でひとつかみにして、ぐちゃぐちゃに揉みしだきながら、同じくらいぐちゃぐちゃに腰を送ってくる。

（あたままで、ぐちゃぐちゃにされる……っ）

体感のすべてを照映に握られて、振りまわされて、溺れる。あえいで意味なくもがいた腕を摑まれ、また引き寄せられて、シーツに強く押さえつけられたまま舌を絡められた。悲鳴すら飲みこまれながら、ますます激しくなる彼の動きと粘ついた水音。身体の奥からの痺《しび》れるような官能と、口のなかを暴れる舌と、どちらも等しく未紘を犯し、同時にあまやかしている。

「あ、あ、う……ッン、い、く、いく、そんな、したら、いっちゃ、う」

酸欠になりそうでもがいて口づけから逃げ、泣き言を垂れれば「もうか？」と意地悪く笑われる。

「もう、じゃな……っ、むり、そんなのされた、ら……あぁあまわすのヤ、や、だっ」

「もうすこし頑張れねえ？」

「やだ無理、そんなの、そん……っあっ、奥、おくぅ、だめ、だめっ」

かすかに息を荒らした照映が、しょうがねえな、とぼやいた気がした。ごめん、と声にならない声で謝りながら、身体の脇についた太い腕にすがって、手の甲に口づける。

「も、いく、いきたい……いく、ああ、いくいく、いくー……」

声がうつろになり、不規則な痙攣が激しくなった。ばかみたいに「いく」しか言えない。こらえるとか我慢するとかもう、そんなのは無理だ。照映にだめにされて、なにひとつ自分でコントロールできない。

だから許して。もういかせて。声も出なくなってきて、どうにか動いた足を彼の長い脚に絡めて、手の甲にほおずりをする。

「……いいよ、いけ、未紘」

「ん、いく、い……ッああ、あ……！」

「おれも、いく……っ、はあ、ああ、いいな、ほんと」

許されて、嬉しくてほっとして、身体の奥が緩んだ。その瞬間奥の奥を強く深く突かれて、一瞬頭が真っ白になる。

どんな声をあげたか、どんな顔をしたのかなど、わからないままに突き飛ばされた官能の高みは、足の爪先から脳天までを一気に走り抜けるパルスになった。

どっと、汗が噴きだす。腹のあたりが濡れた気がしたけれど、奥でいかされたから射精は反射だ。終わったのに終わらなくて、照映の萎えきらないペニスを引き抜く動きに全身が痙攣した。

「っは……あ、あ……」

「バテてんのに締めてくんな。またやりたくなんだろが」

ゴムを始末しながら苦い顔をされても、ぐったりした未紘はなにも返事ができない。疲労感がすさまじすぎて、ちょっと貧血みたいな感じもする。

「……くそ、やっぱ無理させたか」

返事がないことを気に病むように、照映が言う。一瞬記憶が飛んでいたようで、未紘の頭がはっきりするころには、下着を身につけた照映が汗に濡れた身体をタオルで拭いてくれていた。

「おれ、飛んでた……?」

「五分くらいな。……いい、起きるな、寝ておけ」

照映はそう言ったが、温タオルを作れるくらいの間ということはもうすこし意識がなかったのだろう。苦い顔をしているのがあまり嬉しくなくて、肌を拭く手にちからない自分の指を添わせる。

「ね、照映さん。きもち、よかった」

「は……そりゃよかったけどな」

「思ったけど、あんま間空けすぎると、緊張しすぎて変に疲れる」

「だから……」

眉を寄せた照映に「だから」と未紘は言葉を引き取った。

「おれもうちょっと仕事うまくまわすようにするから、……もうちょっと頻繁にしよ？」

「お……」

めずらしくも目をまるくする照映に、ふふっと笑ってみせながら、未紘は最愛の恋人を腕のなかに手招いて、機嫌よく笑う。

「いくつくらいまでセックスってするんかなあ」

「そんなの、ひとぞれぞれだろ」

一緒に寝てくれとせがめば、なんだかんだとあまい男は未紘を抱きしめて転がってくれる。形のいい鎖骨に口づけて、未紘はつぶやいた。

「いつか、照映さんの照映さんが役に立たんようになっても、おれは満足する気はする」

「……失礼なうえにおっかねえこと言うんじゃねえよ、おまえは」

「だっていま、めちゃくちゃ気持ちいいよ。ふわふわする……」

「そら眠いからだろ」

「んーん」

体感が混乱するセックスの最中より、いまのほうが素直に『心地いい』と思える。とろとろと眠りに落ちかかりながら、それをぐずる子どものように目をこらして、懸命に恋人の大きな身体を抱きしめた。

「照映さん、いるから、それで充分おれ、気持ちいい……」

それでも疲労と眠気に抗えず、語尾がぐずぐずに崩れていく。照映はあきれたのか、笑ったのか、ふっと呼気が顔にかかる感触ではどちらかわからなかった。

けれど「おれもだよ、このばか」という、このうえないやさしいささやきは耳にしっかりととらえられたので、未紘はくふんと笑いながら、深く安寧な眠りに落ちていったのだ。

＊　＊　＊

数ヶ月後、未紘は献本を手に携えて灰汁島に会いに行った。

「残りは発送したんですけどね、これは直接お渡ししたいなと」

「わあ……ありがとうございます」

書きおろし文庫の新刊を、灰汁島は大事に手に取って、表紙を撫でる。

ふたりが会ったのは、例のモーニングを食べた古めかしい喫茶店。本日も店主はカウンターの奥でコーヒーを淹れ、たまの休憩にはパイプを吹かしている姿も見られた。

「本当にいろいろ、ご迷惑をおかけしました」

「いえ、無事に本も出ましたし。ツイッターもおさまったし、いいんじゃないですか」

炎上騒ぎになったりゴシップまがいのまとめも作られたりはしたけれど、正直にいっていまのインターネットではめずらしい話でもない。灰汁島が原稿を書き上げ、未紘が胃カメラの再検査を受けて完治のお墨付きを貫い、無事に本ができあがるころには、案の定べつのゴシップに飛びついたネット民たちは、更新頻度だけは減った灰汁島のツイッターに『新刊楽しみ！』というリプライをよこしている。

なかにはあの、未紘に情報をくれた常連フォロワーもいたけれど、相変わらずのスタンスで、静かに灰汁島を応援してくれているようだ。

「それにしても、ちゃんと寝て食うと、それだけで体調よくなるし、メンタルも安定するんですね」

「ふつうの生活すると、ふつうになるってことですよ」

あの時期、荒れに荒れていた灰汁島は体重も減り、人相も悪くなっていたが、未紘の病状を知ってむしろ「しっかりせねば」と思ったらしく、食生活からすべて見直して、体重も増やしたのだという。

デビュー以来、徹夜でハイになって原稿を書くのがルーチンになっていた作家は、今後も見据えて色々見直そうと思う、と、これは常のすこし気弱そうな顔で笑う。

「まあ、血ぃ吐いた早坂さんにあれこれ言われることのないよう頑張ります」

「そうしてください」

にこりと笑って、未紘は香りの高いコーヒーを口に運ぶ。胃も治ったので本日はストレート、酸味と苦みのバランスがよく、あとくちがフルーティーなそれは、たしかにハマるのもわかるほどの美味だった。

「ともあれ、次の話と……それから、仲井のほうから、あちらの話もしっかり詰めるように言われて来たんですけど」

「あ、はい」

文芸のほうでも未紘が担当するのは問題ないかと問えば、是非にという返答をもらっている。しっかりと相談しあって、いいものを作りたいと灰汁島は言った。

ライトノベルとは違い、ジャンルそのものからなにを描くか選べる一般文芸の『広さ』に、いま思えば臆《おく》していたのかもしれないと、すこしだけ吹っ切れた彼は言った。

「なんかもう、いっそ……描いたことないけど、恋愛要素いれるのもいいかなって」

「お、それはいいですね」

「あの……この間早坂さんが言ってた、やさしくしてくれたひとって……おつきあい、長いです？」

「えっと……干支ひとまわりはしましたね」

「そんなに！　い、いいなあ……」

灰汁島は、そもそもひとづきあいが苦手なうえ、大学卒業と同時に作家生活に突入、出会いもないまま現在に至り、いわゆる年齢イコール彼女いない歴、という手合いだそうだ。

「灰汁島さんは恋人のまえにもうすこし、ひととつきあいませんか。パーティーも苦手だっていって来ないし、同人誌とかやるでもないし、ツイ廃だけどネットで知りあい作るでもないし。そうやって孤立すると、悪いことばっか考えますよ」

「……早坂さん容赦ないですね……」

「血、吐いたんで。そのまえに言葉吐いて行くかなって」

　う、と灰汁島が苦い顔をし、未紘はにやりと笑う。

　こうしたひとの悪さはあきらかに、誰かたちの影響だ。今回、一連の騒動をあとから照映に聞かされた久遠は「やっぱりミッフィー、いい子ちゃんしてるからストレスためるんだよ」と、じつに彼らしい助言をしてくれた。

「我慢して壊れるくらいなら、言いたいこと言ってやりたいことやって、そのうえでトラブるほうがマシじゃないかと言われまして」

「いやそれ極端すぎですよね⁉　やめてほしい！」

「おれもあそこまではできんので、だいじょぶです」

ああまで剛胆かつ極端な言動と行動力を持っているのは、さすがに久遠くらいのものだ。じっさいそれを言う相方に、照映は頭を押さえて首を振っていた。

「まあおれはね、ともかく、灰汁島さんももっと、欲張って自由にやりましょう」

「……ですね。見習います」

眉をさげた灰汁島は、前任者の件だけはどうしようもなくて、それは未紘が引き受けた。取った行動はシンプル、その編集のいる会社に未紘から連絡をいれ、脅迫めいたやりかたで作家が壊れかけ、こちらの原稿にも影響が及んだ、妨害行為はやめてくれと、真っ正面からクレームをいれたのだ。

むろん、仲井にも話をつけ、内々で相手の会社の上層部にも話をまわしたうえでの、ある種の出来レース的なクレームではあった。実際相手の会社でも、問題の編集があちこちの作家を摑んでいると豪語したわりに、実質的にスケジュールをとってこない事態が徐々にばれはじめ、ビッグマウスを持てあましていたらしい。

——すぐさま解雇とはいかないから、押さえこむ方向に行くと思う。そのうち自主退職するんじゃないか。

ひっそりと相手の会社の本部長と会い「寿司を食ってきた」と言った仲井のそれを、ひとまずは前向きな報告として未紘は飲みこんだ。

残念ながらこの世は勧善懲悪でもないし、相手の編集のすべてが悪と決めつけるわけにもいかない。未紘のやりかたでも合わない作家に恨まれたことはいくらでもあるし、めぐりあわせやタイミングでいくらでも、こじれることはある。

それでも――。

「まあ、いい本が出来ればおれは、それでいいので」

「早坂さん、マジで見た目のわりに……」

灰汁島はあきれたように笑って、でも「きらいじゃないです」と言った。肩のちからの抜けたこの作家も、やっぱりクセはあって、これからもきっと迷惑をかけられるのだろう。

（それも上等）

たぶん倒れかかっても、寄りかかれる相手がちゃんといる。その相手からは昨日、左の薬指に嵌める指輪のデザイン画を見せられて、ちょっとだけ未紘は感動で泣いた。

「で、とりあえずどんなアイデアあります？」

「えと、やっぱ事件モノにはしたいんですよね……」

古めかしいスタイルの喫茶店で、ああだこうだと編集と作家は会話を重ねる。

挽き立ての豆の香りが満ちた空間に、夢想とリアルの入り混じる言葉たちがふわり漂い、次の本という具体的な形に編まれるまえの時間を満たしていく。

緊張感のある楽しさに顔をほころばせ、未紘はタブレット端末のアプリを起動させる。

「さてまずは、スケジュール決めていきますか――今度は〆切、守りましょうね。おれも血を吐くのやですしね」

「もうそれ一生言う気でしょ……！」

にこりと微笑む未紘の目のまえで、灰汁島が頭を抱えてみせた。

「冗談ですよ」

声を出して笑えば、灰汁島も困ったような顔で笑った。健康になったせいか、顔だちの端整さが際だって見えてくる。

(次の本の宣伝、やっぱり顔出しさせよう)

たぶん本人に言えば悲鳴をあげる販売戦略を、未紘はこっそりアプリに入力して、ほくそ笑んだ。

夜の佐藤くん

「ところで伊吹《いぶき》くんて、あんまりセックス慣れてないよね」

突然の恋人の発言に、大仏《おさらぎ》伊吹は固まった。目をしばたたかせたのち、パードゥン？　という気持ちで首をかしげてみせる。

「……えっと、なに言った？」

「あ、聞こえなかった？　セックス、慣れてないよねって」

どうやら聞き違いではなかったらしい。こんどはまばたきも忘れて、目のまえに座る相手を凝視する。

時刻は朝の七時十分。日差しがまばゆいリビングダイニングのなか、コーヒーを飲みつつテレビのニュースをチェックする、夏用の白シャツにネクタイというクールビズ仕様の彼──佐藤一朗《さとういちろう》は、どこからどう見ても『清潔』で『さわやか』な存在だ。

本日は、彼の部屋へとお泊まりの日だった。まあ、つまり昨晩もそういうことを、した。恋人同士のつきあいにおいて、性的行為は大事な要素でもある。伊吹もアラサーの男性として、そこの部分を否定はしない──だが。

「あの、佐藤くん。いまの『ところで』は、どこにかかったんすかね……」

朝の出勤直前、話題に出すにはいささかどころか、かなりはばかられる内容を、さらりと口にしてきたことも驚きだ。

「うん？　どこに、って？」

「いや、さっきまでさあ、ふつうにきょうの予定とか、今度の休み合う日は遠出してみよっかとか、そういう、ふつうの話ししてたよな？」

「してたねえ」

「それがなにがどうして、いきなり、セッ、セックスの話になったんすかねっ⁉」

「え、だから『ところで』って話題変えたじゃない」

食べかけだったトーストをかじりながら、佐藤は言った。なにか接続詞を遣い間違えただろうか、という顔をされると、自分がおかしいのかという気になってくる。

ちなみに本日は金曜日。佐藤は当然仕事があるし、出勤自体が不定期な伊吹もおなじくだ。つまりは平日、ワーキングデイまっただなかであるというのに、つきあっている相手の家にお泊まりをしている時点でもろもろお察しではあるけれど——それにしても、だ。

夜のことは夜のこととして、いまのいままでそんな話をしてはいなかったのはたしかだろう。

「いや、いやいやいやいや、違くて」

「うん？」

「なんでまた『ところで』ってぶっこんでくる話題が、セッ……なんだよ！」

伊吹は思わず腰をあげ、わめいてしまった。

つきあいだしてまだ日が浅い。この初夏からはじまったストーカー騒ぎも、先日やっと収束したばかりだ。

たしかに佐藤には一連のできごとを経ていままで誰にも見せなかった内面やら——暴かせたことのなかった身体《からだ》の内側やら、とにかくいろんなものをさらしてしまった。だが、こんな話を朝っぱらから平然とした顔でできるほど、なれあいきってしまったわけではない。

「なんかおかしかった？」

動揺する伊吹に対し、しかし佐藤は相変わらずさわやかな顔のまま、テレビに向けていた視線をこちらへとよこす。まっすぐな目に、どうしてか気圧《けお》された。

「お、おかしいだろ！」

「そっか。わかった」

なにがわかったのか、どうしてそこでおかしそうに笑うのか。まったくわからないまま、顔中にハテナを貼りつけていると「ごちそうさま」といつの間にか朝食をたいらげた佐藤が立ちあがる。

「あ、えっと、洗うんで置いておいてくれれば……」

「ありがとう、助かります」

すぐに出勤しなければならない佐藤と違い、伊吹は午後からの仕事なのでゆっくりできる。泊めてもらったしこの朝食についても佐藤が用意してくれたものだ——伊吹は昨晩のあれこれのおかげか、なんとなく身体がだるく、寝ていていいという彼の起床にあわせて起きるので精一杯だった。

「おれきょう、定時にあがれるけど、伊吹くんは？」

鞄《かばん》を手にネクタイを直しながら佐藤が問いかけてくる。洗い物をする伊吹は頭のなかでスケジュールを確認しつつ「スクールでレッスンつけたあと、打ち合わせだけだから、こっちもはやめ」と返した。

「じゃあ七時くらいには戻ってこれる？」

「うん、たぶん」

「夕飯どこで食う？」

「なんでもいいけど……和食食いたいかなあ」

パンとサラダと目玉焼き、それにコーヒーという簡単な朝食の片づけはすぐに済んでしまった。部屋を出る彼にあわせて手早く支度をし、靴を履きながらはたと伊吹は目をしばたたかせる。

「えっと、そうじゃなくて」

「ん？　やっぱ洋食？　それともたまにはエスニック系とか中華？」

「い、いやいやそれでもなく……！」

さっきのあれはなんだったのだと、日常に流されていた自分をよそに問おうとするが、玄関ドアにつっかえそうな頭を軽くかしげて「うん？」と笑う佐藤に、なにも言えなくなった。

それこそいつまでも『セックス』の話題を朝っぱらから引きずる自分のほうこそ、おかしいのではないかと思えてきたからだ。

「……ナンデモアリマセン」

「そ？　ならいいや。……あっ、きょうも暑そうだし、冷たいそばとかうどん系でもいいかな」

「ソレデイイトオモイマス……」

「イントネーション変だよ、伊吹くん」

ドアを押さえたまま靴を履く伊吹を待つ佐藤は、あははと笑う。いっぺんの曇りもない、やさしさと包容力と安心感をてんこ盛りに盛ったその表情はやっぱりさわやかで、好感度も高い。

（さっきのは、なんか聞き間違いだったんだろうか）

うっかりそんなことを考えつつ、玄関の段差に腰掛けたままスポーツシューズの紐《ひも》を結び終えた伊吹は「行こうか」と腰を浮かせる。そして顔をあげるまえに、ふっと目のまえが陰ったのに気づいた。

「なに、佐藤く……」

顔をあげ、名を最後まで呼べなかった。唇にはやわらかい感触、鼻先には佐藤の体温、口腔にはわずかなコーヒーのにおい。ぐらつくより早く腰に手を添えられて、唖然《あぜん》とするまま開いていた口のなかに、ちらりと舌が忍んでくる。

「――っんな⁉」

どっと全身に汗が噴きだし、真っ赤になったまま、自分よりでかい身体を突き飛ばすようにして押した。舐《な》められた歯列の裏がじわじわくすぐったい。唇を拳で隠したまま「なんなんだよ！」と叫べば、佐藤はやっぱり笑うのだ。

「なにがおかしいっつの！」

「ほんとに慣れてないんだなあと思って」

「だから、そっ……」

やはりさきほどの話題は聞き間違えでもなんでもなかったらしい。それにしてもなんなんだと目を白黒させていれば「ごめん、もう行かないと」と、まるで伊吹のほうが引き留めたような言いかたをされた。

「さ、さ、佐藤くんがちょっかいかけたんだろが……っ」

「うん、ごめんんね？」

大男が首をかしげても、ふつうかわいくない。かわいくないはずなのだ。なのにうっかりきゅんとくる。

「ち……遅刻するから、行こう。もう変なこと禁止」

「べつに変なことは」

「いいから禁止‼」

ぐいぐいと背中を押して、ともかくひと目のある場所に出なければと伊吹はあせった。そうすればきっと、常識人の佐藤はなにもしてこないはずだ、そう考えていたのがあまかった。

ドアから出て、マンションの通路からエレベーターホールに向かい、下向き三角のボタンを押す。廊下にもここにも、ほかの住民はいない。ちかちかと点滅しながら階数をさげていく表示をなんとなく見つめていると「伊吹くん」と名を呼ばれた。

「ん、なに――」

また、不意打ちでちゅっとやられた。今度こそ声も出ず、唖然と目を瞠《みは》ったまま佐藤を見ていると、すぐに口を離した彼が顔を背けて笑い出すのと、上階の住人が乗ったエレベーターが到着するのがほぼ同時だ。

「……」

「来たよ、ほら」

ひと目をはばかって怒鳴りつけることもできず、というか一体なにが起きたのか飲みこめない伊吹は、うながされるままエレベーターに乗りこむ。おはようございます、と住人相手に佐藤が挨拶しているのが聞こえ、機械的に伊吹も会釈だけした。

「仕事終わったら連絡するんで、上がりの時間わかったら教えて」

ゆっくりと降りていくエレベーターのなか、小声で話しかけられ、うなずいた。まばたきを忘れた伊吹はぼうっと、ボタンの並ぶ操作パネルを眺めていたけれど、その目にはもはやなにも映っていない。

「じゃ、いってきます。あとでね」

「……いってらっしゃい」

どうにかそれだけを返して、ゆるゆるとちからなく手を振る。駅方面と逆に歩きだすのは、一度自分のアパートに戻って仕事の支度をするためだ。

五分ほど無心に歩いて、唐突に立ち止まる。よろよろと重心がふらついて、目のまえにあった電柱によりかかり、ごつんと頭をぶつけた。

すう、はあ。無意識にほとんど止まっていた呼吸を深くやりなおし、数回目のそれとともに、伊吹は叫んだ。

「……っ、なんなんだ、あのひと――――！」

けっこうな声量に、電線に止まっていたカラスが「ぎゃっ」と叫んで飛んでいく。たまたま通りかかったらしい近隣住民は、危ないひとなのかという目つきでそそくさと去っていった。

しかしそんなことすら気にできないほど、伊吹は混乱のまっただなかにいて、ぐらぐらする頭と唇に残る感触に囚われたまま、しばらくその場から動けなかった。

＊　＊　＊

あれはいったい、どういう意味だったんだろうか。

朝から投げかけられた意図不明の言葉は午後になっても頭を離れず、伊吹は悶々《もんもん》とした状態だった。

（なんで、佐藤くんはあんな話をいきなりはじめたんだ？）

あれが冗談めかしたシモネタだったとしても、ＴＰＯについてわからない男ではない。というよりそもそも、その手の話がさほど得手ではない伊吹について、彼が知らないわけもない。となるとどう考えても、あの発言は「わざと」ということになってくる。

ごくごくあっさり言われていたけれども、もしやなにかの当てつけなのだろうか。それとも嫌み、皮肉？

伊吹があまりにソチラ系がヘタクソなので、あきれたのだろうか？　だとしたら大変にショックではあるし、いろんな意味で傷つく気はするけれど――。

（いや、そういうこと遠回しでちくちくするひとでも、ないしな……）

そもそもいわゆる『受け役』をやるのは佐藤がはじめてだと彼は知っているし、身体に負担の高い行為だというのもわかってくれている。というより下手をすると伊吹より妙に詳しいこともあったりして、あの知識のもとはなんだろうかとちょっと気になったりもするが――それはさておき。

いわゆるインサートを伴うセックスを完遂するまで、佐藤は慣れるまではかなり時間をかけてくれたし、ものすごく気遣ってもくれていた。

なにより伊吹の仕事は身体を動かすのがメインであるため、いまだに毎回挿入行為まで至る回数は少ない。まあ、間を置きすぎると逆に大変なので指でアレコレというのはある――というよりそれが大半なわけなのだが。

（きのうのも、べつに、ふつうに気持ちよかった、し）

あやすようにじっくりじっくりやわらかくされて、全身の骨がなくなったみたいになって、うっかり泣きそうになるのをこらえるのが大変だった。おかげで終わったあとにはものすごく眠くなって、身体を撫《な》でてくれる佐藤の手が心地よすぎて、会話の途中で寝てしまったけれども――。

まさか、それが原因だろうか。伊吹は昨晩の記憶をどうにか掘り起こしつつ、首をかしげる。

（いやでもなあ、話してたことってきょうの予定とか、そんなもんで）

たぶん、今朝話したような「夕飯はいっしょにするかどうするか」程度の確認をするつもりだったのだろうと思う。そしてこれも、自分たちにはこれといったイベントというわけでもない。ご近所メシ友からはじまったおかげで、佐藤と伊吹のどちらかに用事がない限りは、いまだにほぼ毎日食事をしている状況だ。

ならば結局、あれはどういう意味だったのか。思考は堂々巡りをするばかりで、いっこうに筋道が見えてこない。

「んんんー……」

「……んせい。先生」

腕組みしてうなっていた伊吹は、しばらくの間、自分のシャツを引っ張る相手の声に気づけなかった。業を煮やしたらしい相手が、ぱん、と顔のまえで手をたたいてみせる。

「おわっ！」

「先生！　曲終わってますけど！」

はっと気づけば、そこでは本日の課題曲の通し稽古を終えた生徒たちが、じっとこちらを見ていた。集中の切れていたことに気づいて、伊吹はぎくっとなる。

「えっあっ、悪い」

「もう……ちゃんと見てましたか？」

咎《とが》めるようにじっと見あげてきたのは、このクラスでもリーダー格の生方蒼汰《うぶかたそうた》だ。現在は小学校六年生だそうだけれども、一七〇センチ近い長身で顔立ちもしゅっとしているというか、非常に大人びている。また見た目に似合い、内面もとてもしっかりしている少年で、ダンスに関しても群を抜いてうまい。

「あ、うん、見てた。それは見てた。えっと……みんないっぺん集まって」

幸いなことに、完全に考えに没頭したのは、曲が終わるまえのほんの数秒だったらしい。頭のなかにはちゃんと視覚から入ってきた情報が残っていて、それぞれの子どもたちの留意点などもちゃんと伝えることができた。

(でも、だめだろコレ)

教える側が生徒に意識を戻されるようでは、最悪としか言いようがない。

この子どもグループのまえに行った、こちらは社会人グループのレッスンだったけれども、そこでも精彩を欠いていた自覚はある。そして大人は空気を読むので、伊吹に対してどうこう言うことはなかった。これはこれであとが怖いところもあるけれど、子どものド直球ストレートな言葉ほど心臓にくるものはない。

「……なんかちょっと、集中できてなくないですか?」

いったん休憩を宣言し、深くため息をついていたところ、蒼汰からそんな声をかけられて、伊吹はぎくっと肩を揺らした。

「もしかして体調悪いとか? 夏バテ?」

「えあっ、いや、悪い。そんなんじゃねえよ」

「ならいいですけど」

子どもの目はとてもきれいだ。虹彩はきらきらと濁りなく、白目の縁が青みがかった透明さを持っている。じっと見つめてくる視線はまっすぐで、やましい大人はその目力に負けそうになる。

「……ちょっと散漫だけど、だいじょうぶそうですね」

「え？」

「ここしばらく、先生すげえ疲れた顔してたんで。なんかあったのかなーって」

言われてはっとなった。一時期ストーカーにあっていたことをむろん、子どもたちには話したりしていない。だが様子のおかしさは伝わっていたのだろう。

ひとまわり以上も年下の子どもに心配をかけるなど、情けなさの極みだ。内心忸怩《じくじ》たるものを覚えつつ、伊吹は蒼汰に詫《わ》びた。

「悪いな、指導する側なのに心配かけた」

「いえ。でもおれは——おれらは、伊吹先生に教えてもらえて、楽しいんで。このまま続けてほしいんで、無理はしないでください」

なんとできた少年だろうか。伊吹は感動すら覚えつつ「頑張るよ」とうなずく。しかし蒼汰はそのしっかりぶりで、釘を刺すのも忘れない。

「こっちも時間作ってきてるんだから、ダレたレッスンされても困るんで。体調悪いとかじゃないなら、ちゃんとしてください」

「……ごもっともです」

返す言葉もないとうなだれ、伊吹は切り替えるようにぎこちなく笑ってみせた。

「えーとじゃあまあ、こっから仕切り直しな。さっきのとこおさらいから行くぞ」

「わかりました。……みんな休憩おしまーい！」

「よろしくおねがいしまーす」

リーダー格である蒼汰のかけ声で、わらわらと子どもたちが集まってくる。全員にじっと見つめられながら、そもそも今朝からの動揺をこうも引きずっているのはどうなのだと猛省した。

（いやほんと、こいつらのまえで変なことにもやもやしてる場合じゃねえって……）

内容が内容だけに、いたたまれなさと罪悪感は倍増しで、子どもらの目がなければ身もだえしたいくらい恥ずかしかった。

その後は気合いを入れなおしてレッスンに集中したため、いい意味でも気は紛れた。

蒼汰たちはレッスン後「おれらも動画とかアップしてみたい」とわいわい話していて、できれば伊吹に振付などの監修を頼みたいと言ってきた。たしかにいまどき顔出しのダンス動画は年齢問わずめずらしくもないけれど、個人情報そのほかの問題もあるため、まずは全員の親御《おやご》さんに了承をもらい、なんなら学校のほうへも確認を取るようにと言い聞かせて、そのクラスのレッスンは終了した。

＊　　＊　　＊

ダンススクールでの仕事を終え、伊吹は打ち合わせのため渋谷にあるカフェへと向かう。ふだん組んでいるチームで、また動画を作りたいというリーダーの武藤豪《むとうごう》が招集をかけたのだが、そこには当然のようにメンバーである本永《もとなが》かおりの姿があった。

「おっす、伊吹」

「……ども、かおりサン」

店のドアをくぐるなり出くわした彼女に、ちょっときょうは会いたくなかった……などと考えていたのが顔に出たのだろう。ひと目見るなり「なに、あんた」とニヤニヤしたままかおりが近づいてくる。

「悩ましい顔しちゃってるけど、なんかあった？」

「そんな顔はしてません」

さきほどの蒼汰の目と比べて、なんと邪気にまみれたまなざしだろうか。しかもけっこうな核心をついている。思いきり目をそらした伊吹に「なによその態度」とかおりが絡んでくる。

「だいたい、その後どうなのよ。佐藤くんさん。会わせてっつってんのに、なんでこうも引っ張るわけよ」

「いや……あっちにも都合とかあるし……だいたいまだそんな紹介とか早くね？」

言った途端、がしっと肩を組まれ――かおりは本日、一七五センチの長身のうえにヒールブーツを履いているので、伊吹より身長が高いくらいだった――拳でうりうりと頬をいじられた。

「早いも遅いもないし、そもそも一回顔あわせてんだからいいじゃないよ。それともなに？紹介したあとすぐ別れそうだからやめとくとか、そういう保険？」

「いや別れねえし！　なんてこと言うの！」

肩に乗っていた長い腕を払って、わっと伊吹はわめいた。「ほーん」とますます目を細めながら、かおりは腕を組む。

「うまくいってんだぁ、そっかそっか」

「お、おれのことはどうでもいいでしょうが。それより打ち合わせ、ほらっ」

すでに席を陣取っている面々を指さし、伊吹はあわててそちらに向かう。逃げやがった、という言葉と舌打ちが聞こえた気がしたけれども、そんなものは無視だ。

このカフェは個室様式でこそないが、広い空間にそれぞれの席同士がたっぷりと間隔をあけて配置されており、打ち合わせには最適だ。とりあえず席に着いた伊吹はかおりの視線を無視しつつ、リーダーの武藤の言葉に耳をかたむけた。

「次の動画なんだけどさ。『ぼかすて』のやつらがコラボしたいって言ってきてる」

「え、あの、ニコ動でめっちゃ人気のひとたち？」

「どういうアレなの、武藤さん、知りあいだったの？」

「や、こないだのイベントであっちのメンバーと意気投合してな……」

鬚面《ひげ》の武藤がちょっと照れたように頬を染め、頭を掻《か》く。どういう照れなのだと思いつつテーブルに頬杖《ほおづえ》をついて眺めていれば、かおりが「なにそれ」と顎《あご》をあげた。

「もったいぶらんで、さきにグループラインで流しておいてよ、こんな話は」

「いや、だって伊吹がラインやってねえだろ」

「へっ、おれ？」

いきなり話がこっちに向かって驚いた伊吹は、手のひらに載せていた顎がすべった。

「あー、そうだったわ。こいつ、かたくなにやろうとしないんだった」

「情報共有するの楽なんだから、いいかげんラインやっとけって」

「え……ヤダ。ツイッターのＤＭとかスカイプでいいじゃん」

「おまえのためだけにいちいちツール換えるのめんどくさい！　揃《そろ》えろ足並み！　足並み揃えろ！」

「どっちにしろ顔合わせは毎回必須なんだからそれでいいだろ！」

ぎゃいぎゃいと責め立てられても、いやなもんはいやだ、と伊吹は譲らなかった。ガンコ！と誰かがあきれたように言ったけれども、聞かなかったことにする。

「んなことより本題。その『ぼかすて』さんらと、なにするんすか」

横道にそれすぎだと告げれば、それもそうだとすんなり軌道修正された。こういう時、妙に引きずらない実際的な面々なのはありがたい。

「そらやっぱ、動画でしょうよ」

「だからなに踊るの？　あちらさん、うちらと違ってボカロ曲とかがメインでしょ」

ダンスグループのあげる動画とくくっても、方向性はさまざまだ。伊吹が組んでいるこのチームは基本プロ集団でもあり、活動のメインは各種リアルイベントへの出演などで、動画で使用する音楽も海外のものが大半。対して『ぼかすて』という、いわゆる『踊ってみた』のグループは、チーム名のとおり、ボーカロイドを使った楽曲で踊ることが多い。

「べつにおれらもボカロで踊るってんなら、それでもいいんじゃないの？」

伊吹が言うと、かおりが「でもニコ動ノリの振付はわかんないから、あっちに任せることになるよね」とうなずいた。しかし武藤がかぶりを振る。

「ああ、待て。今回はボカロ曲じゃないんだ。あと、おれらがふだんやってるようなヤツでも、ない」

「え、じゃあなに？」

「……その、『B―TUNE』の、新曲をだな。カバーしたい、と」

もじもじとしながら言った武藤の言葉に、全員が目を剝《む》いた。

「待て、武藤。『B―TUNE』ってあれか、最近人気の地下アイドルあがりのグループか」

「しかも新曲ってたしか、あのふりっふり衣装のやつじゃないのか……！　しかも曲名たしか『恋して☆チェキッチュ』とかいうすげーやつ……！」

十代から二十代のメンバーで構成された多人数アイドル。『かわいめキッチュ』をコンセプトにしている彼女らは、いっそ昭和的とすら言える、フリルやピンク多用の女の子女の子したアイドルファッションで、圧倒的男性人気のグループだ。楽曲も振付もとにかくかわいらしく、漫画的なほどにプリティさを前面に押し出している。

「あれをおれらでって、待って、ありゃかわいい若い女の子がするからいいんだろ⁉」

メンバーのひとりが青ざめて言えば、かおりが「あたしも女の子ですけどねぇ」とぼそりとこぼした。しかしその発言を拾うものは誰もいない――なにしろこの場にいる誰より『女性ファン』が多い彼女なので、あえて無視されたとも言える。

「ええとさあ、それって、曲は使うけどダンスはアレンジ、とかってあり？」

「いや、極力、本家に近づける。衣装も――」

「待てって、衣装は無理っしょ⁉」

伊吹もさすがにぎょっとした。そして悪寒に震える。ふりふりピンクのパフスリーブを着る自分など、とんだ悪夢だ。

「だってやりたいって盛りあがっちゃったんだよ！　ゆみりんのダンスかわいいし！」

「趣味か！　つかあれだな、おまえ『ぼかすて』のリーダーとやたら盛りあがってると思ったら、ファン同士で意気投合したんだな⁉」

私情をはさみすぎだと全員が責め立てるなか、すっと手をあげたのはかおりだった。

「落ち着け武藤、冷静になれ。まず動画あげるとなると、楽曲の許諾はだいじょうぶなわけ？」

「とりあえず、そこは平気。広告はいればＯＫな仕様になってんのは確認した」

したのか、と伊吹は遠い目になり、どうにか抑えてくれとかおりをすがるように見る。

「わかった、そこクリアね。ただ衣装は無理、どうあっても」

武藤が「なんでだよ！」とだだをこねるけれど、かおりは冷たい視線でそれを制した。

「あたしらにしてもそうだけど、あんたたちが着られるようなあの手の衣装は、市販品ではまず、存在しない」

いま現在このチームにいるのは男女ともほぼ同数だが、女性陣もかおりをはじめとして皆背が高く、いわゆるかっこいい系女子ばかりだ。そして伊吹も一八〇センチ台と大柄、言い出しっぺの武藤に至っては鬚のうえにマッチョ体型。

「そ、それは作ればいいって、『ぼかすて』にはコスプレ趣味で衣装作ってる子もいるし」

「けどうちらにはいないでしょ。そこまであちらさんが面倒見てくれるって言った？　それにコスプレ衣装って見た目重視でしょう。一曲踊りきるだけの耐久性備えたやつって作れるわけなの？　『B―TUNE』のダンスって、見た目きゅるきゅるしてっけど、けっこう派手に動き回るよ」

「うっ……」

「あと、双方あわせるとメンバー二十人くらいになるよね。もとのダンス再現するとなればその人数必須だよね。で？　衣装制作費はいったい、どっから出るわけ。しかもこの体格の面子《メンツ》じゃ単純にサイズもでかくなるよね。くわえてあんな布地の多い衣装、そう安くあがらないと思うんだけど？」

現実的な面でがんがん諭されて、武藤は広い肩をだんだんちいさく縮こまらせる。かおりの隣にいたメンバーのひとりが、彼女がしゃべる間もスマホでなにやら検索していた結果、「あー……」と苦笑した。

「なに？」

伊吹が問うと「いや、例の衣装に近そうなコスプレ服、検索してみた」と、衣装販売サイトの表示された画面を見せてくる。

「ものにもよるけど、だいたいああいうひらひら系って、安くて一万円くらいから、だな。凝ったのになると二万とか三万とか……んでもって、これ人気作品の既製品だから、数作って売ってるし」

単体で作るとなると、もっと高くつく可能性もある、と彼は言う。かおりはため息をついた。

「武藤。それが二十人分でいくらになると思うわけ？　そんな金、どこにあんの？」

一度きりアップするネタ動画のためにそこまでするか。無言の圧力に、武藤は白旗をかかげ、その場にいる全員がほっと息をついた。とくに現状、いつでも金欠の伊吹は心から安堵《あんど》して胸を撫でおろす。

しかし武藤はめげなかった。というよりも、ここにきて爆弾を投げつけた。

「……でも、衣装はともかく、もうやるのは確定だから」

「は？　確定ってなにが」

「あちらさんのブロマガとツイッターで、次回予告打つって言ってたから」

そこには、参加メンバーと楽曲名もがっつり載せられているはずだという武藤に、全員が白目を剝いた。さきほどコスプレショップを検索した彼が『ぼかすて』のツイッターをあわてて開く。そこには、二時間前にしっかりと、武藤が言ったとおりの予告が投稿されていた。

ちなみに、『ぼかすて』メンバーのツイッターフォロアー数は、少ないもので二万を超えている。いちばん人気の踊り手に関しては、十万近いフォロアー数だ。

そこで告知されたということは、いまさら取り消しは利かない、どころかヘタすると炎上ものの騒ぎになる。

「……事後報告じゃねえか――！」

「てめえふざっけんな、しね！」

「うるさい！　おれはゆみりんになるんだ！　そして伊吹はあずみん、かおりは、るみなすだ！」

「パートまで勝手に決めてんのかこのクソリーダーが！」

そのまま阿鼻叫喚《あびきょうかん》となり、口々に武藤を罵る声は、カフェの店員に「ほかのお客様のご迷惑になりますので」とにっこり笑って追い出されるまで続いた。

伊吹はひたすら無の状態になったまま、乾いた笑いを浮かべ続けるしかなかった。

なんだかもう、とにかくさんざんな一日だったと、それだけを思いながら。

＊　＊　＊

結局、その日の打ち合わせは一方的な確定事項として『恋して☆チェキッチュ』を踊り、動画としてアップすることを伝えられたのみで、ほかのことはなにひとつ決められなかった。

唯一わかっているのは『ぼかすて』と合同で練習をする日程のみ――あちらのスケジュールにあわせるため、これも武藤が勝手に決めてきていた――だった。

——とにかくコンセプトカラーのみ身につけることにして、あとはいっそ黒一色のシンプルな衣装で推しておく。

とは、アイドルオタクぶりを丸出しにした武藤を最後まで説得し続け、打ち合わせ解散後も引き取っていったかおりの談だ。残る面々は全員、彼女の冷静さと胆力に賭《か》けるしかないと、拝むようにして細い後ろ姿を見送り、三々五々散っていった。

伊吹はとりあえず地元駅にたどり着いたのち、ホームから改札に向かう途中で佐藤との約束を思いだしてスマホをとりだした。

「……お疲れ様です、佐藤くん。いま駅」

「うわ。ほんとにお疲れな声だね、だいじょうぶ？」

「えー、あー……どうだろう……なんかもうよくわかんない日だったから」

「よくわかんないって、いったいなにがあったの」

本当に朝っぱらからいろいろあって、と愚痴りそうになった伊吹は、はたと気づく。

そもそも、この日の出足から調子が狂った要因が、いま電話をしている相手だった。

「……伊吹くん？　どしたの」

心配そうな声が、耳をぞわりとさせた。わかっている、無線電話から聞こえる声はけっして、通話相手の声をそのまま伝えているわけではない。デジタル通信された波形を合成音声で再現したもので、要はどれだけ似ていても機械の作った音声だ。

なのに、低く深いあの声が、吐息混じりに耳元で感じられてしまうから、赤くなる顔が止められない。

「あっ、いやっ、なんでもない！　ていうかうん、疲れてるからおれ帰るんで！」

「え、ごはんは――」

「いいです適当にしますそれじゃあおやすみ！」

挙動不審のままノンブレスで言いきって、通話を切る。無駄にばくばくと心臓がうるさい。意味不明な態度だっただろうし、失礼だったかもしれない。けれど伊吹にはもう、余裕がなかった。

（か、帰ろう。帰ってひとりで落ちつこう。なんなら、もう寝よう）

そうだそれがいい、とひとりうなずき、肩で息をする。そうして話す間止まってしまっていた足を動かし、改めて出口に向かった。

そして改札を抜けたとたん、硬直する。

「……なんで」

「いや、なんでもなにも。おれも駅にいるんだけど、って言うより早く切るから」

にっこり笑っているのに、なぜだか変に迫力のある佐藤が、目のまえで腕を組んで立っている。無意識に後じさろうとしたけれど、背後には改札。次々ホームから降りてくる乗客たちのじゃまをするわけにもいかない。

「どうしたの、伊吹くん。そんなとこ立ってるとじゃまになるよ」

「え、あ、ああ。そうだな、うん」

うながされ、しどろもどろになりながらその場を離れる。なりゆき上、完全に佐藤と並び立って歩くことになってしまい、これはいったい、と伊吹は思った。

(き、気まず……ってか、なんだこの状況)

さきほどの動揺を引きずったまま、どうしてこんなことになっているのか。まとまらないままぐるぐるしている間にも足だけは歩みをすすめ、駅舎の外に出てしまう。

佐藤がなにも言わないのも、なんだか怖い。どう考えても妙な行動を取ったのは伊吹のほうで、なのに「さっきはなに」とも訊《き》いてこない。

まさか怒っているのか、と不安になるより早く、隣の佐藤が口を開いた。

「疲れてるなら、外食はやめたほうがいいね。帰ろうか」

「あ、うん、だからさ――」

すこしほっとして、ここで別れようと言いかけた伊吹を制するように、佐藤の言葉が続く。

「そこの角に、わりとうまい弁当売ってる総菜屋さんできたんだよ。買ってってうちで食おう」

「……え」

伊吹は途惑い、目をしばたたかせた。どうにも流れがおかしい。さきほど自分は、きょうは帰ると言ったはずだ。

「あの、佐藤くん。きょうは、おれ」

「うん？　なに？」

「いや……えっと」

ほんのわずかさきを行く佐藤の表情は見えない。気配も特に荒いわけでもないし、怒っている感じはしない。

だがとにかく、「帰る」と言える空気ではなかった。佐藤はやさしげなようで案外と強引なところはあるけれど、ここまで有無を言わせない雰囲気を出せる男とは知らなかった。

なんだろうこれ。どうすればいいんだ。反応に困ったままあとをついていくほかない。

「伊吹くん、なんにする？」

すぐにたどり着いた総菜屋で、にっこり笑った佐藤にそう問われる。伊吹は相変わらず戸惑ったまま「これ」と適当に目についた弁当を指さす。

「あ、それね。おれもこないだ食べたんだ。うまかったよ」

「へ、へえ……そうなんだ……」

にこにこしたままの佐藤に「これもおすすめ」とちいさなパックにはいった煮物を指さされ、じゃあそれも……と、食欲などまったく湧《わ》かないままにとりあげる。

「お会計まとめてでよろしいですか？」

「いいよね？」

「あ、うん……あとで払う……」

変わらず笑顔で確認してくる佐藤にほとんど条件反射でうなずきつつ、伊吹は思う。

どうしよう、佐藤くんがわからない。

静かに混乱したまま、会計を終えた弁当がはいった袋を持つ佐藤が先に行くので、やっぱり黙ってついていってしまう自分もよくわからない。

（やっぱ、変だ）

すたすたと長い脚で歩く彼の後ろ姿に、違和感しかない。なぜならば総菜屋を出たあとから、佐藤はひとこともしゃべらない。こうして買い物帰りには他愛もない話をつらつらとするのが彼と自分の『いつも』だったのだけれど。

そんなことを考えて、ふと気づく。

（そもそも、まだ出会ってから半年もないんだよな……）

考えてみたら妙な話だ。お互い職場も違えば生活リズムも違う、なのに出会いからこっちほとんど毎日のように顔をあわせたせいで、彼の取る行動パターンやなにかが自分のなかで成立してしまっている。そしてそれを、あたりまえだとすっかり思ってしまっている。

佐藤一朗という人間が、徹底してぶれないせいでもあるのだろう。意外性がないわけではない、けれど彼自身がいつも安定していて、伊吹の心地よいようにしていてくれた。

おそらく気遣ってのものではなく、ただ佐藤がくれるものはいつでも伊吹に『ちょうどよかった』。だからこんなふうに、意図の見えない行動を取られるとひどく惑うし、不安すら覚えそうになる。

「あの、佐藤くん」

「ん」

声をかけても、短いいらえをよこすだけで佐藤は振り返らない。本当にこれはいったいどうしたら、と内心おろおろしているうちに、佐藤のマンションへたどり着いてしまった。

エントランスを抜け、エレベーターに乗るころには隣り合わせでいたけれど、もう伊吹は佐藤の顔を見るのが怖くなってしまっていて、ずっとうつむいたままでいた。

だからこそ、よけいに驚いた。

「……えっ？」

玄関ドアを開かれ、「どうぞ」と促されたあと、おじゃましますのひとことを言う間もなく、壁に追いつめられて手を突かれた。

「え、あの、佐藤く……」

やはりなにか気分を害していたのか。それとも——と青ざめそうになった瞬間、長い腕で伊吹を囲うようにした佐藤の口から「ふっ」と息が漏れた。

「……佐藤くん？」

「ふ……ふく、く……っ、ごめ、ちょっ……」

　唖然として顔をあげれば、佐藤の広い肩は揺れ、腕はブルブルと震えている。数秒の間を置いて、伊吹はようやく気づいた。——彼は、笑っている。

「佐藤くん⁉　あんたなんなんだ！」

「あっは、ごめ、ごめん、伊吹くんがあんまり、はははは っ」

「おれがなんなんだよ！」

　わめいたとたん、思いきり抱きしめられた。ごしゃ、と音がしたのはせっかく買ってきた弁当の袋が床に落ちたからだろう。けれどなにがなんだかわからない伊吹は、それを気にする余裕もない。

　だって佐藤がこちらの肩に顔を埋《うず》めたまま、ずっと笑っていてくすぐったい。振りまわされて腹が立っているのに、怒鳴るか殴るかしてやろうと思ったのに、耳元で笑い混じりに告げられた言葉のせいでもう、身動きも取れなくなった。

「あんまりかわいいから、笑うしかなくなった」

「はぁ⁉」

「わっかりやすくキョドってんだもん。いやもうほんと、……ほんとにかわいい」

「や、かわいいってかそれ、面白がられてるだけだよな⁉」

　基本的に伊吹は「かわいい」と言われるタイプでは間違いなく、ない。というかそもそも、さきほどまでの自分の行動のどこが、かわいかったのかさっぱりわからない。

なのに佐藤は硬直したままの伊吹をぎゅっと抱きしめて、大事だ大事だと伝えるように後頭部を撫でてくる。

「だってさっきの反応って、今朝のおれが言ったこと、一日引きずってたからだろ」

「そっ……あれは、だって！　つかそうだよ、なんで朝あんなこといきなり言ったんだよっ」

この日さんざんだった理由のひとつには、間違いなくあのわけのわからない会話がある。

説明しろと脇腹を摑《つか》んで引っ張ると、「うーん」と肩に顎を載せたまま佐藤がうなった。

「いきなりっていうかまあ、そう思ったから言っただけで」

「思った……て、朝からする話題じゃねえだろ！　いったいなにがしたかったんだよ」

「べつになにってこともないよ？」

はぐらかすように言うけれど、なんとなく含みのある響きだった。むすっとしたまま肩を小突けば「痛いって」とやっぱり笑ったまま佐藤が距離をとる。そしてさきほどうっかり放り投げる形になった袋を拾いあげた。

「あ、ごめん弁当落っことしちゃった。だいじょうぶかな」

「それはいいけど、佐藤くん、あのさあ」

平然としている佐藤に比べ、こちらはだんだんイライラしてきた、と伊吹は据わった目で訴える。

「もやっとすっから、ちゃんと言いたいことあったら言ってくれよ」

「言いたいことねえ……」

ため息をついて靴を脱ぎ、佐藤はさっさと室内に入っていく。こちらも急いであとを追った。

「その言いかたはあるんだろ？　言えってば」

「いや、今朝言ったのでほんとにぜんぶだよ」

「ぜんぶって」

ネクタイをゆるめつつ、不在のあいだは弱にしていた冷房をリモコンで調整する佐藤の背中を伊吹は摑んだ。

「お？」

「だからおれの質問に答えてないだろ！　あれでぜんぶにしたって、なんであんな朝っぱらから、突然あんなこと言ったのかわかんねえんだよ！」

いいかげんにしろ、と目をつりあげて言えば、リビングのテーブルに弁当を置いた佐藤がくるりと振り返った。めずらしく真顔で見おろされ――長身の伊吹はこの『見おろされる』感覚に慣れないので、一瞬びくりとする。

「ほんとにわかんないかな。……わかんないか」

「な、にが……？」

思わず顎を引くと、ふう、と佐藤が肩で息をした。

「まあいいや、端的に言えばやつあたり」

「……え？」

佐藤が、やつあたり。まったく不似合いな言葉に感じてきょとんとする伊吹を見て、彼は目を細めた。

「きのうさ、したよね、セックス」

「う……あ、うん」

相変わらず直截《ちょくせつ》な単語を出されるとあせってしまう。思わずしかめた顔を見て、佐藤は困ったように笑った。

「そんで、伊吹くん途中で、寝オチしたよね」

「え……途中？」

そんなことをした覚えはない。とりあえずまあ、平日ということで挿入にまでは至らなかったけれども、指まではいれられて気持ちよくされた。お互い射精もしたし、満足して寝たはず――とつらつら思いだしていた伊吹は、はたと気づいた。

眠る直前に、それこそ明日のスケジュールは、と訊かれていたことは、たしかに覚えている。予定を話している間に、佐藤の声が心地よすぎて眠ってしまった。

いつもどおりのピロートーク代わりのささやかな日常の会話。そういうことだと、それ以上の含みはないと、伊吹は勝手に思っていたのだけれど、佐藤にとっては違う意味があったのか。

「えっと。あの、佐藤くん、ひょっとして」

「うん。ストレートに言えば、おれはあそこからも続行希望でした。んで、こっからかなーって思ってたらすやすや寝られてしまいました」

やはりだった。おだやかな声で明かされた真実に、伊吹は赤面を禁じ得ない。自分の鈍さと佐藤のはっきりとした物言いと、とにかくなにもかも、恥ずかしい。

「え、あ、う、でもあの、平日だから、い、い、いれないのかなって……」

へどもどと言い訳がましいことを口にしてみるが、佐藤の言葉にたたき落とされる。

「そんなこと、おれら、決めてたっけ？」

言われてみれば、とくに話し合って決めたわけではない。ただいままで、なにしろ伊吹がインサートに慣れていなかったため、愛撫《あいぶ》止まりで終わることも多かった。結果、なんとなく流れで指止まり、というのも多かったものだったから、伊吹としては『今回もそうだろう』と思っていただけで。

「決め、て、ませんか……ね……」

じわじわと冷や汗がにじんでくる。ちらりと上目遣いにうかがえば、佐藤はにっこり笑っている。笑ってはいるが——ものすごい圧力を感じる。

「最近さ。慣れてきたよね、だいぶ。もう指いれても痛いって言わなくなったし、気持ちイイ感じだけだし」

「う、あの、それは」

はじめのころは、コンディションによってかなり痛みを覚えることもあったけれど、このところそういう不快感を味わったことがない。それもこれも、佐藤が辛抱強くあれこれしてくれたおかげであるのは、わかっている。

だからこそ気持ちよくなりすぎて、眠ってしまったのだが、そんなのとても口に出せるわけがない。

「それで予定確認したら、伊吹くん自身が身体動かす日じゃないっぽいし、泊まりにきてくれたし、まあいいのかなーって期待してたわけなんですね、おれとしては」

「や、あの、はい……」

そこまで考えてお泊まりしていませんでした、とはもはや言える空気ではない。肩を縮こまらせてうなだれていると、ふ、と佐藤が笑う気配がした。

「ってね。そんなふうにがっかりするおれが勝手なのはね、わかってんの」

「え?」

顔をあげると、いつもどおりのやさしい佐藤がいて、ほっとすると同時に困った。

「だってそれこそ、話し合って決めてないんだから、伊吹くんが悪いわけじゃないでしょうよ。おれが勝手に期待してただけ。だから、やつあたり。ごめんね、意地悪した」

「いじ、わる、すか」

「さっきも、困ってる伊吹くんかわいいから笑ったのはほんと。だから怒るのは勘弁ね」

「怒る、とか」

よしよし、と頭を撫でられて、眉がさがってしまう。それでもって心臓が、ぎゅわっとなった。いったいどういう動きをしたらこんな感覚を覚えるのだろう。

もっと撫でていてほしいと思ったのに、佐藤はすっとそのおおきな手を離して、意識をよそに向けてしまう。

「とりあえず、お弁当食べよっか。冷めちゃったし……ていうか中身ぐちゃぐちゃになってないかな、——ん？」

背を向けた彼に、なにも考えずに抱きついた。「はは、どうしたの」と笑う彼の身体にぎゅうぎゅうと抱きついて、伊吹は「ごめん」とつぶやく。

「ごめんって、それは」

「違う、あの。おれ」

わずかに汗のにおいがするシャツに額をつけたまま、伊吹はいま自分のなかからあふれる言葉を、うまく紡げていないのは承知で、とにかく言わねばと思う。

「おれ、佐藤くんと会ってるだけですげえ満足しちゃうんで、そっちまで正直あんま、気が回ってないっていうか」

　笑っていた佐藤の身体が、ぴたりと止まった。

「す、するのももちろん、気持ちいいんだけど、そうじゃなくて、いっしょにいるのが、それで、それだけで、嬉《うれ》しいから、考えなしに泊まりに来てて……佐藤くんもいつもにこにこしてくれてるから、同じかなって、勝手に思ってて」

「伊吹くん、それ」

「あのごめん、うまく言えてねえんだけど。ただ——うん、あの、言われるとおり、こういうのおれ、慣れてないし、じっさい」

　なにしろ抱かれる立場になったのは佐藤がはじめてであったし、それ以前の経験はといえば、まだ色々未熟だったころの恋愛が一度、そのあとちょっとだけ遊んでくれる相手もいたけれど、慣れた相手にリードされる形だった。

「つか、セックスどころか恋愛も慣れてねえかも、おれ。だから、やっぱなんか変かもしんない。ごめん」

　ぼそりと言うと、佐藤がなぜか低くうめいた。顔をあげると、彼は自分の顔を手で覆って天井を仰《あお》いでいる。

「佐藤くん？」

「あー……」

よく見ると、形のいい耳が真っ赤になっている。なにがどうして、と目をしばたたかせていると、顎のあたりをこわばらせた彼がなにかを必死にこらえるような長い息をついた。

「伊吹くん」

「あ、はい」

「いろいろとこう、おれ的に猛省することはあったりするんだけどあのさ、夕飯、まだ食べなくて平気かな」

「それは、平気だけど」

なんで、と訊く前に、くるりと佐藤が振り返った。そしてその目を見た瞬間、次に言われることが——さしもの伊吹でも、予想がついた。

「抱いていいかな、いま、すぐ」

なにがどうしてこうなった、と思ったのは一瞬。だけれども好きな相手にこんな目で見られて、いやだと言えるほどそれこそ伊吹は慣れていない。

唇が震えて、うん、と言ったつもりだった。けれどたぶん佐藤には聞こえなかったと思う。腕を伸ばし、つよくつよく抱きしめたのは——噛みつくように肉厚の唇に口づけたのは、伊吹からだったので。

「なあ、たしかにおれは、慣れてないけど」

キスの合間に、かすれた声でささやく。佐藤がわずかに身じろいで、自分が彼に与えている影響や反応を、こんなふうにダイレクトに感じるのは好きだなと思う。

「だったら佐藤くんが、慣らしてくれれば、よくね？」

お返しに襲ってきたのは、伊吹が奪ったそれより何倍も激しく濃い、あまったるいキスだった。

＊　＊　＊

シャワーはどうするかと訊かれ、暑かったのでダンススタジオのそれをレッスン後に使ってきたと伝えたとたん、寝室に連れこまれた。こんなふうに余裕のない佐藤を見るのはほとんどはじめての気がして、それだけで伊吹の身体は昂《たか》ぶった。

リビングから移動する間にキスをしながら服をむしられていったので、部屋のあちこちにお互いのシャツやネクタイが放り散らかされたままだ。たぶんあとで気恥ずかしい思いをするだろうと考えていると、集中しろというように肩を噛《か》まれた。

「いた……っ」

「痕《あと》はつけてないよ」

さらりと言われ、それはあたりまえだと軽く睨《にら》んだ。とにかく伊吹の仕事柄、スタジオの更衣室など他人のいる前での着替えは日常茶飯事だし、ステージに立つ場合にはさらに多くの人間の目に肌をさらすこともある。

「そこは心配してない。つけられたことないし」

「信用いただいてどうも」

ふふ、とちいさく笑う佐藤の手はもう、伊吹の最後の衣服を脱がせている最中だった。持ち主の体格にあわせたベッドは、自分たちふたりの大柄な身体を重ねてもしっかりと受け止めてくれる。背中に感じるしっかりしたマットレスの感触は心地よい。だがすぐに肌を撫でていくおおきな手のもたらす快楽で、そんなものがあったことすらわからなくなる。

さらさらしていた手のひらが、湿って肌に貼りつくような感触に変わっていく。にじんだ汗は自分のものか、佐藤のそれなのか、両方か。混ざっているのかもしれない、と思えば、なんだかやけに興奮した。

「……お」

ぴたりと寄りそい絡めあっている体勢だ、変化にはすぐ気づかれる。すこし嬉しそうな声を出されて、恥ずかしかったけれども、佐藤も同じような状態だったからいいかと開き直る。キスをしたまま、腰をこすりつけた。あわせた唇がわずかに笑うような動きをみせたけれど『笑われた』わけではないと知っているからかまわない。

肩を、腕を、脚を、丁寧に撫でてくる佐藤の手は、けっしてこちらを傷つけない。口づけは唇から頬、耳、首筋と音を立てながら移動して、その間にももつれそうな髪を指に絡めたり、撫でるように梳《す》いたり。

（大事にやさしく、抱くひとだなあ）

佐藤とふれあうとき、いつもそんなことを強く思う。昂ぶっているのに気持ちは凪《な》いで、やわらいでいく。そのくせふと気づけば、つまさきから頭の芯までどろりとした官能に満ちる。

「んん……っ」

絡みあったままシーツのうえで横向きに体勢を変えられ、背中をゆるゆる撫でられたかと思えば、そのまま滑り落ちた手で尻を摑まれた。かたい腿《もも》に両脚を割り開かれるようにして、ひらいた狭間《はざま》に長い指が降りてくる。

「きのうのきょうだからかな、……やらかい」

「言う、なって」

鼓膜からはいりこんだ声が脳を痺《しび》れさせる。息をついて顔を隠すように彼の肩口へとすり寄れば、佐藤の言う『やらかい』場所に忍んでくるかと思っていた指先は、すこし手前、伊吹がもっとも弱いところをそっと撫でた。

「うぁっ」

「ここさ、会陰って言うんだってね」

笑いを含んだ声で言われ、ぎくりと肩が揺れる。

「不思議なとこ感じるなって思ってたけど――わりと性感帯としては知られたところらしいね」

「……それが、なに」

目を伏せたまま、伊吹はもごもごと言った。はじめてふれあったときから、そこの敏感さはばれている。そのときは深く考えていなかったようだが、名前まで知ったということはつまり、そこが意図的に開発されない限り性感が育つことはないと、悟ったということだ。

引いたんだろうか。セックスそのものにはたいして慣れていないくせに、そういうところだけは開発済みだというのは、じっさい妙だと伊吹も思うけれど、事実そうなってしまっているのだからどうしようもない。

「ひ、引いた？」

「いや？　引いてないよ。ただ――」

ただ、なんだろう。言葉を切ってゆるゆるとそこを撫でてくる佐藤の、次の言葉がすこしだけ怖い。おずおずと顔をあげた伊吹はしかし、朝の会話以上に面くらうことになる。

「もうちょい、いけんじゃないかなあ、と思ってて」

「……は？」

「確認なんだけど、ココだけでいったこと、ないよね」

なんだろう。さきほど想定したものとは根底的に違う意味で、なんか怖いこと言われた気がする。目をまるくした伊吹に「あ、やっぱり」となぜか佐藤は嬉しそうに笑った。

「えと、あの、やっぱりって、おれなんも言ってない……」

「うんうん、いいから」

さきほどほんわりと覚えていた安心感はどこへやら、なけなしの危機管理能力が発動した伊吹は及び腰になる。けれど横臥《おうが》したまま脚を絡められたこの体勢では、ろくな退避行動が取れない。

「なあ、あの……佐藤く、んっ⁉」

びくん、と語尾が跳ねたのは、それこそいま話題に出ていた問題の場所を佐藤の指が圧迫したからだ。じわっと、あまい感覚が身体の芯から湧きあがってくるそれは、よく知ったものであってなにかが違う気がする。

ペニスが張りつめ、放出したくなる単純な快楽とは違う、奥の奥からじわじわと高まっていくような疼《うず》き。いままでだって何度か佐藤の手で感じさせられたことがある——はずなのに。

この夜は、それがとんでもなく手に負えないものに変貌するような予感がある。

「え、と、きょう、それ、やめ……」

「やめないけど」

「なん、なんで……ちょっ、そ、そっちも？」

会陰をゆるゆると押し撫でるのとは違う、ローションをまとったもう片方の手が、なんだか熱っぽさを感じる最奥《さいおう》へとふれてきた。なんで、と伊吹は混乱する。いままで同時にいじられたことなどなかったし、そしてどうして、それがこんなに不安なのかもわからない。

「こないだ、なかでいったよね、伊吹くん」

「……っ、は、あ、や……っ」

「ことね、こっち。つながってるらしいよ、感覚が」

ゆったりやさしい声で言いながら、ぬるぬるとぬめる太い指が昨晩からゆるんでいるそこをじっくりと開いてくる。そしてもう一方の手は、撫でるというより奥へ押しこめるみたいな動きで刺激してくる。

(うわ、うわ、なに？　なんか、そこ)

強く押されると、薄い皮膚と肉を通したそのさきに、骨の狭間――空洞があると強く意識させられる。くねりくねりと円を描くようにしながら押し揉《も》まれて、まるでそこにもはいりこみたいと言われているような気がしてくる。

「ちょ、指、や、やめ、っ、ひ――！」

耳に舌を押しこまれ、ぐちゃりと鳴る音を聞かされた。同時にずるりと中指を第二関節あたりまで挿入され、へこませるような勢いで会陰を押されて、ざあ、と全身に鳥肌がたつ。

(やばい、はいってくる、はいってくる)

身体の弱いところがぜんぶ、佐藤におかされる。やさしく、ゆるやかに、だが絶対的に、伊吹をめちゃくちゃにするために。そう考えたとたん、じゅわあ、と身体のなかからなにかがあふれるような感じがした。じっさいに濡《ぬ》れたわけではない。けれど、佐藤のふれているところを中心にして、いくつもの気泡が立ちのぼり、はじけて、肌を内側からちくちくといじめてくるような感覚に陥る。

「あ……っ、あっ、あっ？　や、なに？　なにこれ？」

「ん、怖くないから」

だいじょうぶだいじょうぶ、となだめるようにささやかれ、怖いのに、パニックを起こしそうだというのに、ざわつく気持ちは頬へのキスひとつで鎮められてしまう。けれど落ちついたのは心のほうだけであって、身体は自分がいままでに知らないような反応ばかりみせた。びくん、びくんと、不規則に脚が引きつる。腰が揺れる。心臓がじわじわと鼓動を高めていって、息が荒く、乱れていく。

「脚、開ける？　……はは、やっぱり関節やわらかい」

「うう、あ、く、くりくりすんの、やだ、こわい、やだ……」

「怖くないって」

ぐずるようなことを口にするくせに、やんわり肩を押されて脚を開くよう促されて、なにもあらがえない。伊吹は恥ずかしいくらいに言うとおりになっていて、気づけば彼のまえにぜんぶさらしてなにもできない。ぬちぬちとわずかな粘質の音を立てる、佐藤の手でいいようにされる場所を中心に、みっともなく腰が揺れてしまう。

（おれ、なにされてんの……？）

激しくだしいれをされるというより、形と質量を覚え込ませるようにじっくり、なかをいじられている。指の腹で隘路《あいろ》に粘液をなするように動き、体内が彼の指を包みこむみたいにすぼまる。そうしてぴったりと貼りついた粘膜を引きはがすように、ぞろりと抜けていったあと、倍になった指がまたゆっくり、はいってくる。

両脚を開かされて、めいっぱいに開放された会陰も、何度も塗りつけられたせいでうしろからあふれたローションでねとついていた。それを塗りこめるように、あるいはこそぐように、押し撫でていた指が、とん、とたたくような仕種《しぐさ》をする。

「……っひ！」

ごくかすかな振動だったのに、身体の芯までずんと響くような感じがした。はっと瞠った目を閉じることもできないまま震えていると、その衝撃が届いたさきで佐藤の指がぐねりと動く。

（まって）

制止するつもりだったのに、声がでない。はく、はく、と不規則な息だけをこぼす唇は痺れたようになって、徐々にリズムをあわせ、早まっていく淫蕩《いんとう》な指に意識のぜんぶが持って行かれる。

「伊吹くん、喉《のど》力ませないで、息して」

「ひぅ、は、は……っ、あ、あんんっ……」

やわらかい声でささやき、深く上体を落としてきた佐藤に、引きつる口元へ口づけられた。とたん、喉奥でつまっていたような声が、引きずり出されるようにあふれてくる。

「……んーっ、んっ、や、あ……っ」

誰の声だろう、と遠い意識で思う。あまったるくてかすれて、うわずって、どろどろに媚《こ》びるような色が混じっている。恥ずかしい、いやらしい、そんな声が聞こえるたびに、喉が痺れたように痛んだ。

「や？　よくない？」

「よく、な……っ、わか、んな、なに、なに？」

視界もくもってよくわからない。こわい、とうわごとのように言いながら震える手が無意識に佐藤を探して、たどり着いた首筋にぎゅうっと抱きついた。とたん、いままでゆったりしていた指の動きが、同時に激しいものになる。

「ひ、あぁ！　やぁだ、あ！　あー……っ、あ、や、それ、それ、え……っ」

「これいい？　気持ちいいよね」

「う、うんっ、うんっ……」

かき乱されていた感覚に、佐藤が名前をつけてしまった。濡らされていじられてぐちゃぐちゃにされるこれは、どうしようもなく『気持ちいい』。

きもちいい、きもちいい、と子どものように繰り返すしかできないまま、伊吹は何度もうなずき、はしたなく揺れ続ける腰をよじる。脚は開いたり閉じたりを繰り返し、かかとがシーツを何度も蹴って、悶《もだ》えるようなこの感覚をどうにか逃がそうと暴れる。

心臓が破裂しそうだ。血がめぐりすぎて頭の芯が重たい。そしてなによりこの快楽は、いままで味わった単純な射精感などとは質が違いすぎる。

奥へ奥へとわだかまり、逃げ場がない。じゅわじゅわと足下から立ちのぼってくる気泡はもう、全身いっぱいに満ちて破裂しそうで怖い。なのに、いやじゃない。やめてほしくない。

彼の長い指で蕩《とろ》けさせられて、全身の骨がなくなったみたいな気がする。だから、もっと強い、もっとおおきななにかで、つなぎ止めてほしい。

「も……っと」

もっと、もっと、もっと。気づけば三本まとめていれられた指を、ぞろりとうごめく粘膜が舐めしゃぶるみたいに味わっている、腰をしゃくるような動きが止まらない。破裂しそうな心臓の表面、両胸はなにもされていないのに先端を尖《とが》らせて、それを見せつけるように背がそらされる。そして差しだされたものを、佐藤はちゃんと受けとってくれる。

「うぁ、ん……っ」

びりっと痛みを感じるくらいに乳首を吸われて、どろどろの声が漏れた。色づいて赤くてどうしようもない声だ。首筋をのけぞらせながら佐藤の頭を抱きしめ、短い髪をぐしゃぐしゃにかきまわす。

ひっきりなしにあえいでいるから、唇が乾く。喉も渇く。濡れた舌がほしくて首を弱くひっかけば、心得ているとばかりに笑った佐藤がねっとりと口づけてくれる。

「んぅ……っ」

すぐに舌がいれられる。またいれられた。ぞくぞくしながら嬉しいと思って、だが物足りないという飢餓感が同時にふくれあがる。

「っは……こら、伊吹くん」

覆い被《かぶ》さっていた佐藤の腰を撫で、ずしりとした重みすら感じるそれを指で握った。濡れている、自分と同じに。そして熱い。びくびくするそれを手のひらで包んでゆるくこすると、ぐ、と喉の奥を鳴らして佐藤が片目を眇《すが》める。

（ああ……）

いっそつらそうなくらいの表情に、ぎゅうっと胸が絞られるような気がした。こんなに欲されて、なのに昨夜は気づけないまま眠ってしまって、可哀想《かわいそう》なことをしたと強く思う。

「さと……くん、ごめ、んな？」

「え」

「これ、こんなの、ほっといちゃって、ごめ……っ」

よしよしと撫でさすりながら言えば、詫びる途中で噛みつくようにキスをされた。胸が密着して、佐藤の心臓もまたすごい勢いで爆《は》ぜているのだと知る。また、胸が痛い。同時に彼の指をしゃぶったままの場所も、きゅうんとせつなく疼いていると教えてしまう。

「……いれていい？」

額をあわせて、あまえるように言われた。いいよの代わりにすぐ近くにある唇を吸う。なんだか佐藤は悔しそうな顔をしていて、なぜだろうとぼんやり思っていれば、たしかめるように内部を幾度か行き来して指を抜かれた。

鼓動がうるさすぎて耳の奥が痛い。ほかの音がよく聞こえない。気づかないままあふれていた涙のせいで視界もぼやけて——なのに、佐藤のつむぐ言葉だけはちゃんと、届く。

「ほんと……予定どおり、いかないなあ」

「え、なに……が、あ、……ア！」

ずん、と重たく響いたそれに、伊吹は目を瞠った。ぬかるんでいた奥に、太く長いものが刺さっている。一瞬意識が飛んで、頭が真っ白になったあと、つまさきから痺れるような愉悦がのぼってきた。

痛みのぎりぎり手前で感じるようなあまい疼痛《とうつう》と、全身にゆっくりとぬるい湯をかけられたみたいな、奇妙な感覚。これはなんだろう、と考える頭の隅で、別の意識が妙な感心を覚えていた。

射精はしていない。けれどペニスはものすごく濡れていて、だらだらとこぼしているような感覚だけがある。

（これ、あれだ。なかイキってやつ……）

女性のオーガズムに近い、終わらない到達。どんなものなのかさっぱりわからなかったけれど、じんじんと手足が脈にあわせて痺れているいま、『そうなった』ことだけをやけに強く実感する。

「は……なか、すっげえ」

伊吹が自失している間に、肩口に顔を伏せた佐藤が、ぼそりとつぶやいた。こういうときだけすこし荒れる口調が、なぜだか伊吹は好きだ。いつでもペースを崩さない彼がなにひとつ取り繕えなくなる、それが自分のなかで起きているのが、たまらないと思った。

そして、彼を包んだ内側と心臓が、同時にきゅううと絞られて、唐突に強まった快楽に「あ」と伊吹は短い声をあげる。

「伊吹、くん？」

「あ……っ、は、あ、あ……」

ぶるぶると震えだした伊吹に、佐藤が驚いたような顔をした。すこしだけ憎らしい。ひとの身体をこんなふうにしておいて、びっくりするのはずるいと思う。

「い……ま、続け、て、い、いって」

「え」

「も、ほんと、佐藤くんおれに、なにした……っ、あっあっあっ」

涙目で睨んで、すこし声を強くした。たったそれだけでもまたあのじわっとくる感覚が奥から湧いてしまって、伊吹は声を裏返す。佐藤は相変わらず驚いた顔のままで、そのくせ我が物顔でひとのなかに居座って、憎たらしい。

憎たらしいのに——これ、があるだけで、やばい。

「……ごいて」

「平気？」

「い……って、だって、このまんま、じゃ、おれ、勝手に何度もいっちゃ……っうあ！」

ずるりと引き抜く動きをされて、全身のなにかが持って行かれるような気がした。ぞくぞくぞく、と背中が粟立《あわだ》ち、引きつった呼気を整える間もなくまた、いちばん奥まで打ちこまれる。

そうされてようやく、気づいた。最初の挿入時でぜんぶ、佐藤のあれが本当にぜんぶ、はいってしまっていた。いままで時間をかけて慣らさないと、そんなことはできなかったのに、つながった箇所に下生えがふれてむずがゆいくらい奥まで、最初から彼がいた。

「ひぁ……っ、あん、あ、あ、やっやっやっやっ」

意味もなくかぶりを振って、逃げたがる身体をよじる。逃がさないというように肩を押さえこまれ、脚を持ちあげられて、奥の奥まで暴くというように佐藤がのしかかってくる。

ひどい格好で、ひどい声をだして、ひどいくらい深く穿《うが》たれて、もうそれだけでめいっぱいなのに、佐藤は結合部のあたりに指を伸ばしてきた。

「ふぃ、ひ、あっ……あっ、えっ？　や、そっち、そっちは、そこは」

「……ここだけで、いかせようと思ってたんだけどなあ」

なんだか悔しそうに言いながら、腰を打ちつけるのとあわせて佐藤が会陰をいじってくる。

もう撫でるどころではない、そこにもうひとつ穿つ孔を開けるつもりなのではないかというくらい強く指を押しこまれた。痛いと思ってもおかしくないはずなのに、伊吹は惑乱したまま全身を跳ねさせ、過度の快楽に焼き切れそうな神経をこらえるのが精一杯だ。

「んんぁっ、ぐり、ぐりって、や、だめ、やだって！」

「けどもう、つながったから、覚えたよね伊吹くん」

ねえ、と耳を噛まれて、こくこくとうなずいた。もうだめだ、佐藤の言うとおり、そこここの感覚は完全にリンクした。次から、いま指でいじられている場所をちょっとでもさわられたら、いま味わっているものをぜんぶ思いだす。いれられて、突かれて、あまい蜜《みつ》のつまった身体を何度も何度も破裂させられるような強烈な官能を追体験させられる。

「も、や……っ、やだ、や」

弱くうめいて、身をよじった。逃げるようにシーツに這《は》う上半身を背中から押さえられ、一度勢いよく引き抜かれたそれは、伏した体勢の背後から、さらに強く穿たれただけだった。

「――……っ！」

もう声もなく、伊吹は全身を痙攣《けいれん》させる。愛撫からも挿入からも、逃れたと思ったのは一瞬で、背後をとられたおかげでさらに自由になった佐藤の手が、胸のうえで凝《こご》った乳首と、ぐじゅぐじゅになってそのくせ射精できないでいるペニスを摑んで、めちゃくちゃにしてくる。もちろん、長い指は、延々いじられてすっかり痺れたあの場所をいじめるのも忘れない。

ぐらぐらと視界が揺れていた。知らなかった。うしろからだともっと届く。どろどろになって、いったい自分がどんな顔をしているのかもわからない。どんな声をあげているかなんて知らない。

笑っているのか泣いているのか、それすら混沌《こんとん》として、佐藤にかき混ぜられるだけのどろどろのスープにでもなった気分だ。

「も……や……」

やだ、やだ、と子どものようなうわごとを繰り返していると、びしょ濡れになった頰を撫でられた。うまく動かせない手でそのがっしりした手首を摑んで、振り払えばいいのに、いっそ嚙みつけばいいのに、どうしてなつくみたいに頰をすり寄せてしまうのか、もう自分でもわからない。

「……や、って言いながら、そういうことするかな」

くすりと笑った佐藤が、全身でのしかかってくる。早い鼓動が背中に感じられて、なかにあるものの角度が変わった。そうしてやっぱり伊吹の身体は、離さないというようにそれを締めつけながら、腰をうねらせてしまう。

「いっていい？　伊吹」

「い……っ」

苦しそうな声でそんなふうに言わないでほしい。うなずくのもつらい。こちらの確認なんか取らないで勝手にしてほしい。

勝手に――もっと、勝手に、好きなようにこの身体で気持ちよくなって、ほしい。

「……ん、ありがと」

またなにも言っていないのに、横目でどうにか見つめただけなのに、わかられてしまった。けれどもう、恥ずかしいとか思う余裕もなくて、頬にふれたままの手にそっとかじりつく。

ぶるり、と背後にいる身体が震えた。そういうかわいいことしない、と怒ったように言われた気がするけれど、よくわからない。

その直後には、いままでのも大概だと思っていたのに、腰を両手で摑んだ佐藤がとんでもないくらいの勢いでこちらを揺さぶり、荒い息を首筋に吐きかけてきたからだ。

「っ、ふ、あ、……っ」

いくね、と、激しいそれに不似合いなくらいの静かな声でささやかれ、後頭部にキスをされた。びくん、となかにあるものが、イキモノのようにふくれあがりながら震える。ひときわ強く打ちこまれて、一気になかが熱くなった。ややあって、低いうめきと同時に佐藤の長い息がこぼれて、首のうしろがじんとする。

（……あ、だして、る、だし、て……っ）

奇妙なことに、その瞬間までずっと置き去りにされていた伊吹の射精感が高まった。もうペニスへの愛撫もされていなかったのに、ほったらかしですらあったのに、佐藤のそれにつられるようにして引きずり出された。

「い……っく、あ、あ……あっ」

びくっびくっといきなり腰を跳ねさせた伊吹に、佐藤が身じろいだのがわかった。けれど止まらなくて、間欠的に吐きだすたびにすこし萎《な》えた佐藤のそれを締めつけて、そのたび頭のなかで光が明滅する。

「い、伊吹くん？　だいじょうぶ？」

「は……っ、はっ、はあ、あ……」

佐藤の呼びかけにも、返事をする余裕などない。しばらく全身をこわばらせ、ぶるぶると震えていたけれど、吐きだしきったと同時にすべてのちからが抜けた。どろりと溶けるようにシーツに身を沈めた伊吹の身体が、長い腕にゆっくり抱きしめられていく。ぜいぜいと息を切らしていると、うかがうような声でふたたび問われた。

「なあ、だいじょうぶ？　ごめん、やりすぎた……」

答える気力はなく、息を整えるので精一杯だ。血がめぐりすぎて頭ががんがんする。酸欠気味かもしれない。苦しくて、だるくて——なのに、なぜ。

「伊吹、くん？」

「……ない」

「え？　なに」

佐藤を飲みこんで離さないそこだけ、まだいじましく彼をしゃぶろうとしてしまうのか、わからない。むずがゆくて、痛くて、あまくて、内側がどろどろして、そんなのもういらないと頭で思っているのに、腰だけがずっとうねるように動いてしまう。

「だい、じょぶじゃ……ない、から」

ちいさく咳《せ》きこんで、伊吹は痺れきった半身をよじる。のろのろと腕を動かし、ばくばくと鳴る心臓のうえを一度押さえた手のひらを、そのまま下方に這わせ、よじれた腰から彼へとつながるラインまでをなぞっていく。

「佐藤くん、ほんと、おれになにしたんだよ……」

「なに、て」

ごくり、と佐藤が喉を鳴らした。気遣わしげだった視線が、自分のなかにあるものと同じくらいどろりとしたものに変わるのを見てとり、そして失《う》せていた圧迫感がまた体内に戻ってくるのを感じて、伊吹は無意識のまま微笑《ほほえ》む。

ゆるいカーブを描いたそこに、佐藤の唇がふれた。軽く吸って、すぐに離れて、彼はささやく。

「……ゴム換えていい？」

答えの代わりに、彼の下唇を舐めた舌は、きれいな並びの歯に軽く噛まれた。ぞくぞくして、また奥を締めつけてしまって「んん」と声をあげてしまう。佐藤が目に見えて震えて、同じだなあ、と思ったら嬉しくなった。

不意に、目元を手で覆われる。なんだろうと思っていれば、佐藤がため息交じりに言う。

「ごめん、ちょいその顔、いまだけやめといて」

「……顔って」

「このまま続けそうになるから、ちょっとだけ目ぇ閉じて待ってて」

よくわからないけれど、うなずいた伊吹は言われたとおり目を閉じて、いつの間にかぎゅうぎゅうに握りしめていた枕に顔を埋める。深く息を吸うと佐藤のにおいがして、またじいんと後頭部がしびれた。

「あ、っあ～～～……」

ずるり、と抜け出ていくものの大きさと、そのあとの空虚感がすごくて震えてしまう。そういう声だすかな……と、佐藤がぼやいた気がしたけれど、どうでもいい。

背を向けて始末と準備をしているらしい彼を待つ間も、ちくちくと肌のしたで泡がはじけ続けている。痙攣するような内側のそれも、おさまる気配がない。記憶させられた強烈な快感の残滓《ざんし》だけで、またおかしくなるかもしれなくて、こらえるように枕をぎゅうっと抱きしめた。

「……ひぁっ⁉」

突然、脚の間に手をいれられて声が裏返る。なに、と枕から顔をあげれば、表情は静かなのに目の奥だけが光っている佐藤がうえから覗《のぞ》きこんでいた。

「あのさ、伊吹くん」

「……ん？」

「さっきやりそびれたの、やっていいかな」

さっきの、とおうむがえしに伊吹はつぶやく。続きをするのではないのかとぼんやり疑問を感じていると、佐藤の腕に脚を開かされ、長い指がふれたことでようやく、意図に気づいた。

「あ、え、……そこ？　それ、だけ？」

「ん。もう覚えたと思うけど、ね」

もっとしっかり、染みつかせたい。そんなふうなことを佐藤が言って、欲しがっている奥でも半端に頭をもたげているペニスでもない狭間を、くんっと指で押してくる。枕を抱きしめたまま、びくんと片膝だけが跳ねあがって、佐藤が嬉しそうに笑った。

「うん、できるよね」

「でき、るて、な……に」

とろりとした声で枕を抱えたまま伊吹はつぶやく。問うかたちを取ってはいるけれど、本当はもうわかっていた。ここだけで、性器でもなんでもない、なにもない場所をいじられただけで、すぐにもう――いや、それどころか。

「あっ、……あっあっ、んんんっ」

「……あれ、早い？」

「ちが……」

早くない、と息を切らしてあえぎながら、伊吹は全身を震わせる。

「いっ……いった、まんま、さ、っきから、ずっと……終わって、ない」

「え」

佐藤がひとつ、まばたきをした。だからほしいと言ったのに、と、知らず恨みがましく佐藤を睨んで、だがすぐに伊吹は唇を噛み、目を伏せる。

「いまもう、そこじゃなくても、なにされても……」

だめになる、だめに、なっている。煮えたったままの身体の疼きと羞恥《しゅうち》に苛《さいな》まれ、だから早くと佐藤に腕を伸ばし、抱きしめてくれとせがんだ。

「ひとりでおかしくなんの、さすがに、やだから」

「……うん」

「い……いれて、くんない？」

頼むから、と言う必要はなかった。しっかりと伊吹の身体を抱きしめてきた佐藤が、じっとこちらの目を見たまま、望んだものをすぐにくれる。びくびくと、はいりこんでくるものが深くを目指すたびに伊吹の身体は痙攣して、どういう状態なのか口に出さずとも佐藤に教えてしまった。

しがみついたまま、うねるような波が自分のなかを通り過ぎていくのをこらえる。肩や首筋をやさしくさすった佐藤が、汗に湿った髪をかきあげ、額をあわせてくる。

「……慣れられそう？」

問いかけは、数時間まえに自分が言ったものに対してだ。伊吹はまだちいさく震えながら、眉が情けなくさがるのを知った。

「慣れる気が、しねえなあ……これ」

精一杯強気に笑ってみせたつもりだけれど、声もやはりわななくままで、どうしようもない。佐藤は目を細めて、伊吹の頬を両手で包んだ。

「慣れなくて、いいよ」

「……っ、ん？」

むしろ、そのまま――。

ぽつりとこぼした佐藤の言葉は、やはりよく意味がわからなかった。

さきほどとは違う、ゆったりしたリズムで揺らされるたびに走る快感のパルスに意識もなにもかもさらわれてしまって、まともにものが考えられなかったせいもある。

どろどろと指先から溶けていくようだった。体内から立ちのぼり続ける快楽の泡は途切れることのないまま、いくらでも湧きあがって伊吹を破裂させそうにする。

声は細く、すすり泣くようなものに変わって、いやとだめを繰り返すしかできないくせに、すこしでも佐藤が離れそうになれば、しがみついてせがむのも伊吹のほうだった。

きもちよくて、あまりにきもちよくて、こわかった。

こわいのに、やめてほしくはなかった。

そして佐藤は相変わらず、口にだしたこともださないことも、すべて汲《く》みとってしまうので、満たされすぎたなにもかもにあふれて溺《おぼ》れたのは、だからしかたないことなのだ。

＊　＊　＊

長く、あまく、熱っぽい時間をたっぷりとすごした一夜が明けた。

翌朝になって、伊吹は腰が立たなくなった――というようなことは、まるでなかった。

「身体、平気？」

「だるいっていえばだるいけど、けっこうだいじょうぶ。さすがにフルでステージこなせって言われたらきついけど」

「……伊吹くん、タフだねえ」

感心したように言う佐藤は「かなり本気出したのに、ここまで元気だとは」というようなことをつぶやき、若干伊吹を鼻白ませた。

完全に無意識のようだったので追及はしなかったけれども、いささか鈍いところのある彼は、いまの発言が過去の相手とどのようなものであったのかにおわせたと気づいていないのだろう。

（……ていうか、ふつうの女のひと相手だと、体力的につきあいきれないいんじゃないのかな、あれ）

妬《や》くよりなにより、そんな具合であきれるとも感心するともつかない気分になったのが、伊吹の本音だった――のだが。

「でもおれも、あそこまでサカっちゃったのはじめてかも」

「……お、おう。ソウデスカ」

朝のコーヒーを飲みつつ、相変わらずさらっとしたますごいことを言われた。赤くなりはするけれども、とりあえず前後の会話の流れが続いていたので、昨日の朝ほど戸惑ったりはしなかった。

「で、伊吹くん、きょうの予定は？　おれはふつうに休みだけど」

「夜からレッスンある。社会人クラスのやつ」

「じゃあゆっくりできる？」

問われて、すこし間を置いた。予定外の連泊だったので、いったん家に戻って着替えを調達するなり掃除や洗濯をするなりしようと思っていたためだ。

けれど、ラフなTシャツを着たまま、テーブルに肘《ひじ》をついてこちらを見つめる佐藤とすごす、のんびりした時間と引き替えにするほど、急ぐ用事ではない気もする。

「……仕事まえにいっぺん、ウチ戻って着替えればいいかな」

「そっか。よかった」

苦笑して言った伊吹の手を、佐藤が軽く握ってくる。指を搦《から》め捕られ、あまった長い親指が手首のあたりをやんわりこすってくるけれど、くすぐったさしか感じない。佐藤もそういう意味でふれたわけではないくせに、にやっと笑ってからかってくる。

「やらしー伊吹くんは閉店しましたか」

「……不定期営業です」

口の端をゆがめて、いたずらする指をふりほどいた。残念、とちっともそんなことを思っていないふうな顔で笑われて、こちらもあきれ笑いが浮かぶ。

「佐藤くんも、意外とそういうこと言うのな」

「意外とって、伊吹くんのなかのおれってどういうイメージなんですかね」

あらためて問われると、どうなんだろうなあ、とわからなくなる。

清潔でさわやかで、まじめそうで安心感のあるお兄さん、といった初対面から、こちらがびっくりするくらい順応性があったり、情熱的だったりする面はいくらも知った。

それでもって昨夜のあれだ。たぶんぱっと見や第一印象ではまったくはかれないひとだということだけは、骨身にしみているが、かといって『こう』と決めつけるほど理解できた気はしない。

「……そういえばおれって、佐藤くんのことどう思ってんだろうな？」

「えっ？　ちょっと待ってなにそれ」

「や、知れば知るほど、なんか、意外なことばっかりな気がしてきて」

「ええ……」

逆によくわかんなくなってきた、と素直に言えば、なんだかショックを受けているような佐藤がいる。

「なんでそんな顔してんの？」

「いや……だってそりゃ、好きな相手によくわからんって言われれば、ショックでしょう」

「……スキ、て」

直球だなあ、朝なのになあ、と伊吹はぼんやり思いつつ赤面する。けれどやっぱりそれもいまさらだ。佐藤はいつだって佐藤で、とてもちゃんとしているしまじめだし常識もあるのに、たまにヘンテコなところもある。

「なんで赤くなってんの、伊吹くんは」

「いや、なるでしょ……」

どうしていつもサトリかというくらいにこちらの心を読むくせに、こういうところだけ鈍いのか。やっぱりヘンテコだと思いつつ、伊吹は眉をさげて笑った。

「わかんなくても、べつにいいんじゃね？」

「なんで」

「なんでって、なんでかわかんないけど、好きは好きだから」

言ったとたん、佐藤が目を見開いたまま固まった。やっぱりよくわからないリアクションだと思いつつ、伊吹は手元のコーヒーカップをいじりつつつぶやく。

「いっぱい助けてもらったし、いっぱい世話になったけど、でもたぶんおれ、そういうふうにしてもらわなくても、佐藤くんのことは好きになったと思うんだよなあ」

相変わらず頼り甲斐はあるし、助けてもらうことも多い。けれど実際的なことがあってもなくても、佐藤はそこにいてくれるだけで、伊吹の心を安定させる。

「一緒にいて、こんな楽で楽しいのって、はじめてじゃねえかなって思うし。まあ、たらればは言ってもしょうがないっちゃしょうがないんだけど……って」

顔をあげて気づいた。佐藤がテーブルに突っ伏している。

「あの、佐藤くん？」

「……伊吹くんさ、慣れなくていいや」

「は？」

なんの話だろうと首をかしげ、これも昨日の会話の続きかと気づく。しかしこちらが恥ずかしがる状況にはなかった。

耳どころか首まで赤くした佐藤が、うめいたからだ。

「恋愛に慣れてない状況でそれって、どんだけなのきみ……」

「えっと、なんか変かな、おれ」

「変ではないです、変では」

おれは大変だけど、と顔をあげないまま佐藤が言う。そこでようやく自分の言葉を反芻《はんすう》し、あー、と伊吹は声をあげた。

「佐藤くん、なんか照れてる？」

「そういうとこばっか目ざとくなくていいんで！」

「いや目ざといもなにも真っ赤だし……つか自分が言うのはしれっとしてんのに、なんでおれが言うと照れんの？」

「照れるだろうふつうに！　わかんないならほっとけ！」

言葉使いが荒れているので、これはガチ照れだなあ、と伊吹は笑った。

「……ふひひ」

「なにその変な笑いは……」

頬杖をついて、反対の指で佐藤のつむじをつついた。じろりとこちらを睨んでくる佐藤はやっと顔をあげたけれど、案の定赤いままだ。

「照れてる佐藤くんはかわいいので、おれはすげー好き」

にっこり笑って言うと「くそ」と佐藤が吐き捨てる。ますますかわいいなあ、と思いながら高い鼻先をつついてやれば、指先にがぶりと噛みつかれた。

「あんまからかうと、マジで本気だすからね」

鋭くなった目つきに、伊吹はホールドアップの体勢を取る。そして同時に、ずくりと疼いた身体の奥に気づかれませんようにと、心のなかで祈る。

（その目は、かわいくない）

かわいくないのに、どうしようもなく伊吹の心を揺さぶってくるからずるい。唇を噛んだのはほんの一瞬で、なのにそれを見逃す佐藤ではないから、あっという間に形勢は逆転だ。

ゆったりと上半身を起こした佐藤が、笑う。安心感なんてかけらもない笑顔は、もうだいぶ見慣れてきた。といって、動揺しないわけでは、ない。

「……ゆっくりできるんだよね？」

「いや、あの」

「ほんとは、平気ってわけじゃあ、ないだろ」

どうしてこう、切り替えが早いのか。そしてその勢いに、まったく勝てる気がしないのはなぜなのか。

　さきほどと同じように手を取られた。今度は手のひらのくぼみを、すう、と撫でられる。震えたくないのに、反応を見せたらまずいとわかっているのに、胸も——ひとに言えないようなところも、ずくずくと湿った疼きを覚えてしまう。

「おれは、時間あるよ。たっぷり」

　とん、と佐藤の指が手のひらを軽くたたく。じわっと肌のしたに落ちていく波紋は、なにかを思いださせるためのものだ。

　だめだと言わなければいけない。まだ朝で、今日の夜には仕事もあって、ああやっぱり家に戻って洗濯するべきだったかもしれない。

　だってもう、濡れてしまった。こんな些細《ささい》で、なんてことはない、ただ手のひらを指でつつかれただけで、腰が痺れて立てなくなった。

　佐藤が腰をあげて、こちらに上体を近づけてくる。だめ、とつぶやいたそれはちゃんと声になっただろうか。

自分は本当に、『だめ』を言うつもりが——あったのだろうか。

首筋に長い指がふれた。後頭部を包まれて、やわらかく引き寄せられて、こちらもうるんでしまった目が、もう開けていられない。

とろけすぎるキスを交わすには、朝の光は、まぶしすぎた。

佐藤くんのカレシ

時刻は、深夜の三時半。長野県某所にある自宅へとついさきほど帰宅したばかりの小山臣《こやまおみ》は、仕事あがりのビールを冷蔵庫から引っ張りだすと同時に、家に置いたままのタブレット端末をチェックし、スカイプメッセージの通知を確認した。

『こちらはいつでもＯＫです』

送ってきた時間は、いまからもう三時間以上まえのものだ。待たせて悪かったと思いつつ、通話アイコンをタップする。発信音楽がワンフレーズ奏でるまえに、すぐに相手が通話を受けたのがわかった。

ビデオ通話画面に切り替えると、すこしだけラグのある映像がタブレットいっぱいに映る。

「お疲れ様です、臣さん」

「おっす、お疲れ」

へろへろとビール片手に笑って見せれば「遅くまで大変ですね」という苦笑が返ってくる。

「遅い時間に悪い……って、そっち真っ昼間か」

「昼夜、ちょうど逆ですから」

やわらかですこしくぐもった声の主、秀島《ひでしま》慈英《じえい》は、そう言って画面の向きをすこし変えた。

彼の肩越しに見えるのは、抜けるような青空。ニューヨークは本日も晴天なり。臣は疲労にぼやけた思考でそんなことを思う。

「ていうか、もしかして本当に帰ってきたばっかりですか？　まだスーツって」

「あーうん、そう。ほんとにさっき戻った。……あ、心配すんなよ。きょうは危ない仕事とかじゃなかったから。単純に、署内での待ち時間長かっただけ」

この日は繁華街で起きたある事件の取り調べを行う予定だったのだが、連行途中の被疑者が大暴れしてしまい、あげくは自分で転んで頭に怪我《けが》を負ってしまった。その結果、取調室に来るまえに病院での治療を要する状況となり、待機していた臣は待ちぼうけを食らったのだ。

不幸中の幸いというか、もともと酔った勢いで起こした事件だったため、頭を三針縫う羽目になった被疑者は臣と堺《さかい》に対峙《たいじ》するころにはすっかりおとなしくなっていて、全面的に自分の非を認めたため、聴取自体は非常に短時間で終わった。

むろん職務上の規定があるため、慈英にそのすべてを話すわけにはいかないけれども、ざっくりとかいつまんで説明したところ、彼はいつもどおりの笑顔でやさしくねぎらってくれる。

「だけど、ただ待つのも大変でしょう」

「まあなあ。遊んでるわけにもいかないんで、その間に出しそびれてた報告書やら稟議書《りんぎしょ》やら片づけろって説教食らうし……」

「それはちゃんとしましょうよ」

「うっさいな。やれるときはやってるよ」

いー、と歯を剝《む》いてみせたのち、すこしぬるくなったビールをごくりとやる。じっと画面ごしに見つめてくる慈英は、わずかに眉を下げた。

「臣さん、ちゃんとご飯食べました？」

「心配しなくても食ってるよ。おまえだって充分知ってんだろ、おれの大食い」

「まあ、それはそうなんですけど」

「日本はくっそ暑いんだから、ビールくらい飲ませてくれって」

彼の住まうニューヨークではどうなのか知らないが、今年の夏、日本は異常といえるほどの暑さに見舞われている。連日、熱中症に関しての話題がニュースや新聞から消えたことがないほどで、街を歩けば『熱中症対策』をうたう商品があちこちに並んでいる有様だ。

「そんなにすごいんですか？」

「まっじですごい。なんしろ浩三《こうぞう》さんたちの町でも、農作業中に倒れたひと出たらしい」

臣が駐在員として赴任していた山間《やまあい》のちいさな町、そこの青年団リーダーとして、町おこし運動を率いていた丸山《まるやま》浩三は、いまもって慈英と臣のよき友人だ。

「あそこのひとたち、夏場の作業なんて慣れてるでしょうに……そもそも山間で、市内に比べてもかなり涼しい土地でしたよね？」

「うん。でも今年は完全に、例年どおりとはいかなかったらしい」

気候が狂えば、農作物は一発でダメージを受ける。そのあたりも心配だけれど、あれで案外したたかな浩三のことだ。臣たちが案じるよりずっとうまく、埋めあわせはするのだろう。

「またこっち戻るときがあったら、いっしょに顔見せにいかない？」

「そうですね。……あ、そういえばそれこそ、秋にいちど帰国しますよ。ちょっと用事ができたので」

「マジで？　いつ？　てか用事ってなんの？」

「御崎《みさき》画廊がリニューアルオープンするそうなんです。記念パーティーを開くそうなので、お誘いが……朱斗《あきと》くんから、臣さんのとこには来てませんか？」

「えっ、知らないぞ、おれ」

慈英が学生時代から世話になっていたという、御崎翁の画廊。老齢と体調を理由に引退したのち、彼の息子へと引き継がれたその画廊には、志水《しみず》朱斗という臣たちにとって年下の友人がつとめている。

「おっかしいな、あの子そういう連絡、マメにくれんのに……」

臣は大抵仕事で行けないのだが、朱斗は気にせず誘ってくれる。「めげずにお誘いしとったら、どっかでタイミング合うかもしれんでしょ？」と笑った顔は、二十歳《はたち》を超えて久しいというのにかわいらしいままだったことを思いだし、臣は微笑《ほほえ》んだ。

「なあ、その案内っていつ来たの？」

「それこそ今日ですよ。ＰＣメールに連絡ありました」

「んんー？　……あー、やっぱ来てねえな」

眉をひそめた臣がスーツのポケットにいれたままだった携帯を取りだしてみるけれど、やはりなんの通知もない。

「あ、待って臣さん。仕事用じゃなく、個人用のほうに来てません？」

「え？　あっ、そっか」

いま確認していたものは、職場で支給されたスマホだ。職務上、情報共有をしなければならなかったりと、署内へデータを渡すこともあるため、完全なプライベート用の携帯とは使い分けている。だが日々の大半を刑事の仕事に縛られているため、そちらの出番はあまりなく、うっかり忘れがちだった。

「……あー、来てた来てた。けどこの日程だと予定まだわかんね……って、ん？」

「どうしました？」

朱斗からのメッセージを確認していた臣は、リニューアルオープンの案内に続いて、もうひとつ表示されていた通知を見つけた。

「なあ慈英、おまえもひとのこと言えなくない？」

「え？」

「さっき、ＰＣに届いたっつったろ。でもさ、大抵おまえに連絡つけんの、スマホのほうじゃなかったか。朱斗くんから、秀島さんにもメールしたけどレスポンスないんで、ＰＣのほうに送ってみるって、追記のメール来てるぞ」

言ったとたん、慈英がはっとなって周囲を見まわす。「ちょっと失礼」と画面からフレームアウトした彼は、ややあってなんだか情けない顔をしたまま、スマホを手に戻ってきた。

「……充電切れてました」

「あっはっはっ！」

やっぱりか、と遠慮なしに笑ってやると「お互いさまですよ」とぶつくさ言った彼が充電器にスマホをつなぐのが見えた。数分後、起動したスマホからぴこんぴこんと続けざまに通知音が鳴りはじめる。

画面を見た慈英が「あー……」とこれまた情けない声をあげるので、臣はますます笑う。この顔を肴《さかな》にもう一本飲むか、と腰を浮かせかけたところで、「えっ？」という彼の声に動きを止めた。

「どした？」

「え、いや……えー……そうか、へえ」

しげしげとメールを眺めながら、なにやらうなずいている慈英に「おい、ひとりでわかってないで説明しろよ」とせっつく。

「いや、えーっと……これです。見えますかね」

長い指に摑《つか》まれこちらに向けられたスマホの画面は、角度が悪いのか反射してよく見えない。「もうちょい斜めにして」など調整の指示を出したのち、ようやく視認できたメッセージの文面に、臣は目を見開いた。

「……はあ⁉」

がたん、と音を立てて立ちあがる。

【秀島さん聞いて！　びっくりした‼　さとーくんがカレシ作りました‼】

目にした内容があまりにも意外すぎて、三度ほど読み返してしまった。慈英も同じ気持ちなのだろう、彼にしてはめずらしいほど、素直に驚いた顔をしている。

「え？　は？　あの佐藤くんが⁉」

思い浮かぶのは、幾度か会ったことのある、頭抜けて背の高い青年の姿だ。おだやかで真面目そうで気が利いて、とてもふつうそうなのに、とんでもない度量の広さを持っている彼には、臣も好感を持っていた。

「マジかー……これ」

「いやまあ、こういうこと冗談で言う子じゃないでしょう」

「そらそうだけど……でもあの子たしかあれだよな、ヘテロだったよな？」

びっくりびっくり、とうなって首をひねっていれば、慈英が「あの、臣さん」と苦笑する。

「おれもあなたに出会うまでは、女性としかつきあってませんでしたが」

「……あ、そうだった」

うっかり忘れてた、と言ったら、なぜか慈英が嬉《うれ》しそうな顔をする。理由は充分わかっているので、臣は気づかないふりをしたのだが、相手は黙っていてくれない。

「うっかり忘れるくらいには、長いつきあいになりましたしね」

「……黒歴史は掘り返すなっつの」

かつての臣であれば、他人事《ひとごと》でもこの手の話題があがっただけで、慈英にはむかしつきあった女性のほうがよかっただろうだのなんだのと、果てしなくうしろむきに反応してしまっただろう。けれどついさっき、それこそ慈英が指摘するまで、きれいさっぱり『慈英のむかしの誰か』の姿を想像することすらしないでいた。

「おれとしては嬉しいだけですけどね」

「あーもういい、いい。おれの話はほっといて」

手のひらをぶんぶん振って打ち消そうとすると、画面のなかの慈英が肩を揺らしてそっぽを向いた。このやろう帰ってきたら覚えてろ。内心歯がみしつつ「いまはそれはいいとして」と強引に話を戻す。

「おれですらびっくりなんだから、そりゃ驚いたんだろうなあ、朱斗くん」

「ああ、それは同意ですね。さすがにおれもちょっとフリーズしかけました」

「しかけたっていうか、してたよ？　おまえさ、言うほど冷静でもな——」

にやにや笑って意趣返しをしようとした臣は、しかし途中で言葉を失う。画面の端、ベランダに向けて歩いて行く女性の——しかも水着にパレオという格好の——姿が目にはいったからだ。抜群のプロポーションに、褐色の肌、アップにした金髪。どこぞの雑誌グラビアにいますぐ掲載されていてもおかしくない、その女性にはいやというほど心当たりがあった。

「……おい、慈英。いまのなに」

「いまのって……ああ」

またいたのか、と、たったいま気づいたかのように慈英があきれ声を出す。

「いたのか、て。おまえ同じ部屋に水着の女がいて、なんって気づかねえの⁉」

しかも彼女は慈英のエージェント、アイン・ブラックマンだ。以前には臣に向かって堂々「慈英と寝ていい？」と質問してくるくらい、大胆不敵な女性だ。

さきほど、自分もすっかり変わったと満足していたのが嘘のように、臣の心の部屋面積がすさまじい勢いで収縮していくのがわかる。

しかし額に青筋を立てかけている臣とは裏腹に、慈英はどこまでも冷静だ。

「いや、この部屋、ドアがふたつあるんですよね」

ほらあっちとこっち、とわざわざカメラの位置を動かして、おそろしく広いリビング兼アトリエを映される。言うとおり、慈英がいま座っている位置の正面にひとつ、そして斜めうしろにもひとつ、出入り可能なドアがあるようだ。

「うしろのドア、玄関から直接行けるようになってる客室につながってるんです。で、そっちからここにはいれるわけで」

「……ってことは、あのひと実質、自宅状態でそこ使ってるってことか⁉」

「自宅っていうかセカンドハウスですかねえ」

血管が切れそうな臣に対し、慈英はとことんどうでもよさげだ。わかっている、本当にこの男はあのエキゾチック美女に興味はない。

だが、伴侶の部屋に半裸の女が平然と出入りしていて、これがどうして落ちついていられると言うのだ。

「セカンドハウスですかねえ……じゃ、ないだろおおお！」

思わずテーブルを拳で殴ったとたん、涼やかな声と美麗な姿がモニタ越しに現れる。

「うるさいわねえ、なんなのよ。涼みにきたんだから、暑苦しい声出さないで」

しれっとした顔の美女は、見せつけるように慈英の肩に肘《ひじ》を乗せ、こちらを覗《のぞ》きこんでくる。すぐにその腕は払われてしまったが、完全にわざとだというのは臣にも伝わった。

「いつからいたんだ、アイン」

「さっき来たのよ。ハァイ臣」

大抵の人間ならひるまずにいられない、慈英の冷たい声にも態度にも、アインはなんら臆した様子はない。にっこり笑って、胸の谷間を見せつけるようなポーズでひらひらとこちらに手を振ってくる。「はあい……」と引きつり笑顔で手を振り返したのち、うんざりしている慈英に向けて臣はうめいた。

「なあ……前にアインのこと話したよな。あんま入り浸ってないんじゃなかったのか」

「いや、だからプール目当てです完全に……」

慈英の住むペントハウスは、なんとも贅沢《ぜいたく》なことにベランダ部分に個人プールがある。慈英自身が泳ぐことはほとんどないそうなのだが、清掃や管理はこのペントハウスのある建物全体の管理会社が一括《いっかつ》で行っているらしく、住人が使用するしないにかかわらず、常に水場は清潔に保たれているそうだ。

「せっかく涼めるところがあるのに、使わないともったいないじゃない。だから使ってさしあげてるのよ」

「もったいない、て……アインさん、そういう日本的概念までお持ちですか」

「何年かまえに世界的に知られた言葉でしょうよ。安心して臣、ほんとにプール目当てだから。……って、あら？」

毎度ながら、彼女の言葉はどこまで冗談かわからない。臣が頭を抱えそうになっていると、画面の向こうでは慈英の携帯を勝手に取りあげるアインがいた。

「おい、ひとのものを――」

「えええ、いやだこれ本当？　あのナイスガイに？」

アインもまた、一度佐藤《さとう》と会ったことがある。なんだか残念そうな声で、彼女は「いい男ってみんな、気づくと結婚してるかゲイかなのよねえ」と唇を尖《とが》らせた。

「それを言ったら両方まとめていまのおれだろう」

「あらそうだったわ。まあもうどうでもいいけど。わたしこれでも、既婚者に手を出さないのだけはポリシーだから、安心してね臣」

「……え？」

そうだったのか、と目をまるくする臣をよそに「じゃあまたね」と笑って彼女はプールのほうへと去っていく。慈英がうんざりとため息をついた。

「まあ、聞いたとおりですから。ほんとにあなたが怒る理由はひとつもないので」

「えー……ああ、うん。てかあの……失礼ながら、あのひと、欲しいと思えばなりふりかまわないって思ってた……」

ものすごく驚いた。意外と良識はあったのか。そんなふうに目をしばたたかせていた臣に、慈英が深くため息をつく。

「あのね臣さん、たぶん臣さんが考えているような、良識とかモラルとかの問題で、既婚者は範疇《はんちゅう》外、と言っているわけでは、ないです」

一瞬意味がわからず、「へ？」と声を裏返した臣に対し、慈英はかぶりを振った。

「……アメリカの離婚訴訟は、大変に、えげつないですから」

「あー……うん。わかった。納得した」

その方がはっきりと、自分の知るアインらしい。なぜだかほっとするような気分にすらなって、本当になんなんだろうな、と臣は笑うしかなくなってくる。

「まあ……彼女がおまえに、そういう意味で興味持たないでいてくれるなら、なんでもいいよ」

「あっちが持とうが持つまいが、おれは興味がないので、なにも変わりません」

頭が痛い、というように慈英は長い指で額を押さえる。それがおかしくて、臣はくすくすと笑った。

「なんだか話があちこち行きましたけど……どうですか？　御崎画廊のオープンの件」

「あ、そうか。それなあ。おまえは行くんだよな？」

「ええ、三日ほどしか時間取れませんけど」

そうか、ともう一度つぶやいて、だったら浩三のところに行くのも、どころか自分と顔を合わせるのもむずかしいかもしれないな、と思う。おそらく日本滞在時に、そのパーティーに顔を出すだけではないのだろう。

「おれもわかんないな。いまちょっと面倒臭い案件引きずってるから……」

臣はそれだけを口にして、あとは続けなかった。むかし、いっしょに住んでいたころには、彼にはなんでも話していた。家族だったし、恋人で、大事だった。自分のことを知ってほしかったし、理解してほしかったからだ。

けれど——と、胸元を握りしめる。仕事中ははずしているままのリングは、ふだん鎖に通してこうしてかけている。これの片割れを彼に渡して、泣きながら告白したあの時以来、臣は慈英に詳しい仕事の話をすることをやめている。

あの後悔は無駄にしたくない。なにより、遠く離れている彼に心配もかけたくない。だからただ、忙しいけれどだいじょうぶだと、笑っていてやりたい。

それらを知っているから、慈英も深くは聞かない。時間をかけて、いろんなことを乗り越えて、自分たちなりに作ってきたルールとライン。相手のことを、この関係を大事にしているからこそ、そこを越えないように努力しなければならない。

「あなたの場合、面倒くさくない案件がそもそもないでしょう」

「まあ、そりゃそうだけどさ」

仕事が仕事で、事件は待ってくれない。お互いにそれはいやと言うほどわかりきっている。

「うん……無理はしないでおく。残念だけど、今回はひょっこり都合ついたら、だな」

「……そうですね」

「まあ、ふだんから真面目にやってけば、どっかで長期休み取れるかもだし！　それこそ長期旅行できるくらいのポイントを稼いでだな」

「ポイントって、マイレージじゃないんだから」

慈英が笑う。臣もまた、笑う。

「似たようなもんだよ。それでがっつり使う日がきたら——そしたらさ、そのときはおれが逢いに行くから」

「……臣さん」

びしっと、画面を指さしてやったのち、慈英があんまり感極まった声で名前を呼ぶから、すこし恥ずかしくなって頰を掻《か》く。

「まあ、それがいつだかわかんねえけどさ。……とにかく、楽しみにしてろよ」

「ええ。楽しみに、します」

やわらかい、自分だけのための声を発する慈英は微笑んでいる。うん、とうなずいた臣もまた、同じような笑みを浮かべていることには気づけない。ただそうして視線ひとつで通じ合えるだけの時間を、きちんと重ねてきたのだなと、そう思った。

「……にしても佐藤くんのカレシ、どんな子だろうな?」

「いや、ちょっと想像つかないですね……」

いささか下世話な興味にかられるふたりは、好き勝手なことを話しはじめる。

そのうしろで、アインの立てた派手な水しぶきが、ニューヨークの空にきらきらと輝いていたけれど――臣の目には当然、映るわけもない。

ちいさなあくびを、ひとつ漏らす。眠いですかと慈英が言う。もう少し話したいと言えば、寝間着に着替えてベッドにタブレットを持って行けと彼は言った。

「眠るまで、ずっと話してますから」

「……うん」

じゃあそうする、とだいぶ重たくなったまぶたをこする。時計を見るまでもなく、窓の外が白んでいて、夏の朝はそういえば早いのだったと思い知る。

次はいつ、同じ朝を迎えられるだろう。そのために自分には、なにができるだろう。うつらうつらと考えながら、言われるままに着替えてベッドにはいる。そのころにはもう限界が来ていて、口もまぶたも開かない。

「……おやすみなさい、臣さん」

きっと慈英は、このタブレットの充電が切れるまで、見ていてくれるのだろう。

静かな静かな声で、臣の眠りを妨げないよう、ささやいていてくれるだろう。

だから臣はゆるやかに、滑り落ちるように、夢のなかへともぐりこんでいく。

次に彼へふれられる日を、心ひそかに待ちながら。

あとがき

このお話は、慈英×臣シリーズのスピンオフ『インクルージョン』の続編となります。

といっても前作の初出からはきっちり二十年、作中時間だけでも干支一回り以上という年月が経ってのお話で、アラサー×大学生のぴちぴちした話から、アラフォー×アラサーという、どっしりした状況に変わってしまっているので、ほぼ単体で読んで違和感ないと思われます。

この二十年の間に、本家である慈英と臣や、派生作品の碧と朱斗、はてはさらなる派生の佐藤と伊吹までもがシリーズ化したりしたのに、なんで一番最初に出てきた照映の話を書かなかったのか……と言いますと。

端的に言ってしまって、キャラ同士の性格が穏やかすぎて、カプがうまく行きすぎて、なにも波風が立たないからでした。

かつての私は、恋愛ジャンルの作話をするにあたり、できあがったカップルと言えどいろんな葛藤や苦しみを乗り越えていかねば、というポリシー……というより思いこみがけっこうありまして、それが顕著なのが慈英と臣ですが、彼らに比べると照映たちはあまりに問題がなく、番外編で日常小咄を書くならともかく長編には向かないだろうと、そんなふうにある種、決めつけていたのだと思います。

しかし前述の佐藤たちもまた、穏やかなキャラ同士。あれが書けたのなら書けるのでは？という気持ちになったのと、なにより「続きは」と言い続けてくださった担当さんに友人、読者さんの声などもありまして、ちょっとやってみようかなと思って書いたのが今作です。

それでも当初は短編から中編のつもりでしたが……やりはじめて、なぜ続編を書かなかったか、のもうひとつの理由に気づきました。

途中の番外編などで描いた未紘の『その後』を編集という立場にしたがゆえに、自分の仕事と真っ正面に絡みすぎて、ネタにしづらかったんです。いろいろ思うところもあり、踏ん切りがつかない部分もありました。

転機は、幾度かあちこちで語ったのでご存じの方もいらっしゃるでしょうが、二年前にわりと深刻な持病が発覚しまして、半年ほど「明日生きてるかな」と思いながら過ごす日々を送り、どうあがいても完治しないとわかった結果、「好きにやろ！　んで、やれることはいまのうちにやっとこ！」と開き直るに至り、それが本作を書くことにつながった気がします。

基本、灰汁島に起きたアレコレについては、あえて細かく描写しませんでした。たぶんその苦みをめいっぱい描く作品もありだと思いますが、今回はテーマがずれるので。

真っ正面から二十年ぶりに彼らと向きあってみた結果、照映を見て育った未紘が、どういう大人になるのか、が、私の知りたいところであり、皆さんに伝えたいところでもあったんではないかな……と、これは書き終えてからしみじみ考えたことでもありました。

同人誌より収録した佐藤くんたちと慈英と臣の短編は、文庫『愛されててよ』と『溺れてみてよ』の間の時系列の話となっております。そして本編のほうでも慈英たちの現状についての言及がありますが、これはネタバレになるので本文を是非。

二十年ぶりの続編で、書き下ろしのBL文庫自体が二年以上ぶり。ホントにお待たせしてしまったなあと思いつつも、「だから書けた話」かな、とも。

年を経ることによる変化を、こうも真っ正面から、同じキャラで描くことができる機会はそうはないなと思います。OKくださった担当さま、ありがとうございました。そして、加齢したら渋みと色気が増した照映と未紘を描いてくださった蓮川先生も、デビュー作以来本当にお世話とご迷惑をおかけし続けております。今回も素晴らしい絵をありがとうございました。

そして告知したとたん「インクルージョン続編待ってました」の声をくださった皆さま。お待ちくださり、本当にありがとうございました。本作を少しでも楽しんでいただけていればいいのですが、これればかりは読者さま方に委ねるのみですね。

いろんなことが起きて、昨日の続きの明日を思うことがすこしだけむずかしい時代です。だからこそ、ほっとできるような作品を、夢物語でかまわないので、紡いでいければなあ、などとそれこそ、夢想しております。

みなさま、どうぞお健やかにお過ごしください。また新作でお会いできれば幸いです。

✦初出　相愛エディット………………書き下ろし
夜の佐藤くん…………………同人誌掲載作品
佐藤くんのカレシ……………同人誌掲載作品

崎谷はるひ先生、蓮川愛先生へのお便り、本作品に関するご意見、ご感想などは
〒151-0051 東京都渋谷区千駄ヶ谷 4-9-7
幻冬舎コミックス　ルチル文庫「あまく濡れる呼吸」係まで。

幻冬舎ルチル文庫
あまく濡れる呼吸

2021年2月20日　　第1刷発行

✦著者　崎谷はるひ　さきや はるひ

✦発行人　石原正康

✦発行元　株式会社 幻冬舎コミックス
〒151-0051 東京都渋谷区千駄ヶ谷 4-9-7
電話 03(5411)6431[編集]

✦発売元　株式会社 幻冬舎
〒151-0051 東京都渋谷区千駄ヶ谷 4-9-7
電話 03(5411)6222[営業]
振替 00120-8-767643

✦印刷・製本所　中央精版印刷株式会社

✦検印廃止

ISBN978-4-344-84777-4　C0193　Printed in Japan